Narratori Feltrinelli

# Massimiliano Virgilio
# Luci sulla città

Un'inchiesta per Matilde Serao

Pubblicato in accordo con MalaTesta Lit. Ag. Milano

Prima edizione ne "I Narratori" giugno 2024

Stampa Grafica Veneta S.p.A. di Trebaseleghe - PD

ISBN 978-88-07-03595-1

*A mio nonno, Gaetano Coppola*

*Un giorno, non so dove, non so quando,*
*continueremo la nostra partita a Scala 40*

*Sventrare Napoli? Credete che basterà?*

## *Napoli, 1892*

Poco alla volta, la città rivide la luce.

Sembrava salva. Ancora una volta, ancora per un giorno.

In un vicolo ai Ventaglieri, un bambinetto di nove o dieci anni si era affacciato alla finestra del basso in cui viveva con sua madre, richiamato dal metallico, rassicurante suono dei campanacci. Le mucche, legate a una fune tirata dal vaccaro, scendevano verso la Pignasecca per la quotidiana distribuzione del latte. Un tappeto di candidi bovini riempiva la via, impedendo la vista del basolato.

"Acalate 'o panaro!" gridò forte il vaccaro.

Quando da un portone o da un basso appariva qualche serva scapigliata o una comare dalla camiciola macchiata di pomodoro, il vaccaro dava uno strattone alla fune, e le bestie tutte incrostate di fango arrestavano il passo. L'uomo afferrava con le mani nere il bicchiere vuoto da quelle della donna, lo riempiva di latte e lo porgeva pieno in cambio di un soldo.

Se, invece, per non avere il fastidio di fare le scale, qualcuna aveva calato il panaro, il vaccaro prendeva prima il soldo, poi infilava il bicchiere nel cestino, che veniva tirato su con la massima attenzione per non versare nemmeno una goccia di latte.

"Mettetene di più!" protestavano le donne dall'alto. "Spremmete chella vacca!"

“Mariuolo, versate più latte!” aggiungeva la serva scapigliata sul portone.

“’A famme nun tene suonno!” sbatteva la porta la comare dalla camiciola macchiata di pomodoro.

Dalla sua finestra, il bambinetto osservava la scena. Avrebbe tanto desiderato una tazza di latte. Per un istante, assistendo ai litigi tra il vaccaro e le donne nel vicolo, dimenticò il prepotente languore che avvertiva nello stomaco e che lo aveva svegliato alle prime luci dell’alba.

Concluso il rito della distribuzione, il vaccaro tirò la fune e lanciò un gridò minaccioso verso le mucche, rimettendosi in cammino. Più nessuna, tra serve e comari, si interessava a lui: erano tutte nelle abitazioni a scaldare il pentolino di latte sui carboni accesi.

Solo il bambinetto continuava a fissare la strada, lì dove il bianco manto di vacche si divideva in due tronconi per evitare un ostacolo sul selciato, e poi tornare subito dopo a riunirsi in un’unica fila.

Quando l’ultima mucca scomparve e i campanacci riecheggiarono in lontananza, qualcosa attirò l’attenzione del bambino nel punto in cui la mandria s’era divisa: il corpo di un uomo dagli occhi spalancati, la nuca riversa in una pozza di sangue rappreso.

“Peppì,” lo richiamò sua madre. “Vieni a fare colazione!”

Senza farsi notare, il bambinetto scivolò fuori dal basso e si avvicinò al cadavere per strada. Lo scrutò con attenzione. Ovunque, sopra e attorno a lui, i segni della violenza subita: gli abiti strappati, il cappello infangato, ma soprattutto uno squarcio vistoso e profondo si apriva sul ventre dell’uomo, mostrando le budella ancora calde.

Attratto e inorridito da quella poltiglia che emanava un odore di uova marce, Peppì avvicinò un dito alle viscere esposte. Erano dense e tremolanti come la gelatina che si formava nella pentola quando sua madre dimenticava il brodo di carne in cucina. Poi, dopo averle sfiorate, restò paralizzato a guardarsi il polpastrello insanguinato.

"Peppì!" gridò sua madre. "Addo stai?"

Alla svelta, il bambinetto rientrò in casa.

I carboni nel braciere, già tiepidi, avevano riempito il basso di un'aria aspra e malsana. Non erano più neri e lucenti come qualche giorno prima, ma opachi e grigi: al solo tocco si sarebbero frantumati e sarebbero andati bene per un disegno da portare a scuola.

"Pigliati il latte," disse la donna mentre cercava senza successo di rianimare la fiamma. "È un poco freddo, ma va bene lo stesso..."

Dopo aver spento la fame, il bambinetto ripensò al corpo dell'uomo sventrato sulla strada lasciata libera dalle vacche. Argomento che nel pomeriggio, all'ora dello strummolo, avrebbe tirato fuori con gli altri scugnizzi del vicolo.

"Mammina," disse rivolgendosi alla donna assonnata e discinta che stava rassettando la stanza.

"Che c'è?"

"Un signore si è addormentato per strada. E le vacche gli hanno cantato la ninna nanna."

# Il giorno prima...

# 1.
# Il vero si trova per strada, il falso germoglia nel cuore

## *Uno*

La Marinoni sbuffò.

Anche una macchina a rotazione da ottomila copie l'ora, pensò Baldassarre Pietrocola, viceproto della tipografia, si spazientiva ad aspettare il grido di via dal primo piano della redazione di vico rotto San Carlo.

A maggior ragione adesso, poiché rispetto al solito tardava ad arrivare.

Un'ora dopo il crepuscolo, quando la folla si disperdeva come un formicaio impazzito per i vicoli dei Quartieri Spagnoli, Chiaia e San Lorenzo, la strada si trasformava in un mare nero e silenzioso, tagliato in due dal fetore dei liquami e delle pizze divorate dalle mosche dopo una giornata trascorsa a ingiallire sotto il sole di maggio. Il lezzo dei rifiuti era così abietto da apparire moralmente riprovevole finanche ai primi luridi strilloni che, come anime pezzentelle tornate dagli inferi senza passare dalla toletta, si agitavano fuori dal deposito del giornale, da cui le copie sarebbero uscite a pacchi legati con una corda, pronte per essere distribuite in ogni angolo della città.

Chiunque sapesse leggere e scrivere, a Napoli e nel Meridione d'Italia, leggeva il giornale che Baldassarre, originario di Francavilla, in Abruzzo, stampava ogni notte; d'altro canto, ogni napoletano di passaggio nella vicina Galleria Umberto I – lo scintillante salotto della città che guardava al futuro – poteva ammirare sulle ringhiere dei larghi balconi la tabella

IL MATTINO

Di solito, verso quell'ora, 'a signora alzava dalla pedaliera lo stivaletto col tacco Luigi XV, strappava il foglio dall'Olympia e spalancava la porta della redazione: "Ferdinando Russo ci ha fatto la grazia! Il nostro cronista e poeta ha finito l'articolo!" urlava. "Appicciate la Marinoni, si stampi!"

Col buio, svanite le chiacchiere dei bottegai imbroglioni, dei facchini curvi sotto le balle, delle serve straccione e dei galantuomini in bombetta, i sotterranei di vico rotto San Carlo si trasformavano nella sala motore di un vascello pronto a salpare. Baldassarre Pietrocola, che di mare ne sapeva quanto di piombo fuso, ne era il capitano da quando il proto del giornale, Federico Lunigiani, aveva contratto un'infezione alle viscere ed era finito all'Ospedale degli Incurabili con un piede nella fossa e l'altro su una pellecchia di pomodoro.

Di solito andava così, ma non stavolta.

Che bel capitano, pensò Baldassarre, preoccupato più del solito, uno che per far fronte ai debiti si è impegnato per trentasei lire l'abito di nozze di sua moglie da quell'usuraia grassa e implacabile di donna Gabriella!

Tutto questo perché?

Baldassarre Pietrocola, che in osteria non mancava mai di offrire una risposta alle curiosità dei commensali – attività in cui si considerava il più titolato tra gli avvinazzati dell'ex capitale del Regno delle Due Sicilie, giacché lavorava a stretto contatto con 'a signora e suo marito don Edoardo Scarfoglio, cioè le uniche persone a Napoli che sapevano ogni cosa –, riteneva di avere un'opinione affidabile e una diagnosi sicura sul male che lo affliggeva: il lotto. La malattia che gli infuocava le cervella, spingendolo a compiere bassezze inimmaginabili per inseguire la promessa di un grande sogno di felicità, lo stava trascinando in un baratro di sofferenza, rate e interessi sulle rate.

Tuttavia Baldassarre non era il solo, in quella città maledetta, ad avere le fiamme del gioco d'azzardo in testa. Ogni settimana, infatti, a tentare la pigliata c'erano le ragazze da marito che non avevano un soldo di dote, gli impiegati del municipio, delle banche, dell'intendenza, del dazio consumo, i pensionati, i commessi di negozio, i magistrati, i piccoli commercianti, i giocatori di Borsa, le signore dell'aristocrazia, gli impiegati del bancolotto, i postini e via dicendo. A Napoli tutti giocavano e vivevano per i sei giorni precedenti all'uscita dei numeri in una febbrile fantasia di ciò che avrebbero comprato con il denaro della vincita: perché dunque non avrebbe potuto farlo anche un capitano di vascello tipografico?

Perché così lui si sentiva nelle prime ore della notte, quando a una a una le luci nella redazione al piano superiore si spegnevano e la Marinoni prendeva vita come un mostro marino sul fondale del golfo, con il suo rumore di ruote dentate, cavi, tubi, dadi, viti e bulloni.

Ogni singolo ingranaggio della tipografia, rifletté Baldassarre, appizzando l'udito verso il primo piano, sperando che 'a signora desse il via alla stampa, era al servizio della parola. Chi immaginava che lì dentro si consumasse una faccenda di pistoni e bobine di carta, bidoni di inchiostro e lastre di zinco, era uno che aveva la testa buona soltanto a dividere le orecchie.

La tipografia era il regno delle parole, e le parole erano ciò che trasformava le idee in pagine stampate. Nessun prodigio da ottomila copie l'ora sarebbe stato possibile – *mon cher* Ippolito Marinoni – senza il soffio vitale di chi pensava le parole e poi le scriveva per esprimere un concetto. Senza gli occhi dei cronisti che osservavano la realtà da capo ogni giorno, quel miracolo di acciaio e legno non sarebbe servito a nulla. Insomma, il mondo era lettera morta finché persone come 'a signora non decidevano di raccontarlo.

Solo allora, si disse Baldassarre, una volta che il compositore aveva finito la riga di parole, inviava a capo e ordinava la fusione tramite una leva, così le lettere creavano la matrice per il piombo, che si imprimeva sulle parole generando la sequenza di ciò che era stato battuto. Una volta raffreddata, la macchina espelleva un blocchetto lungo e sottile, tanti blocchetti andavano a comporre un testo e il testo, finalmente incorniciato, diventava la tavola che finiva nelle fauci spalancate della Marinoni.

A quel punto, il mostro marino si metteva in moto, mentre il vascello di Baldassarre Pietrocola da Francavilla, in Abruzzo, avanzava nella tempesta.

"Ferdinando Russo ci ha fatto la grazia! Il nostro cronista e poeta ha finito l'articolo! Appicciate la Marinoni, si stampi!"

Finalmente 'a signora aveva lanciato il suo grido.

La voce si spanse dalla redazione alla tipografia con la grazia di un battito d'ali di farfalla e la potenza devastante di una granata. Le parole ruzzolarono dal primo piano, dove dietro una porta a vetri con sopra disegnato un gallo si nascondeva la sede del giornale, fino alle orecchie appizzate del capitano Pietrocola piantato sull'uscio del seminterrato.

Baldassarre attraversò i corridoi della tipografia a perdifiato. Per un attimo non pensò all'abito nuziale di sua moglie impegnato per trentasei lire, ai soldi cu 'a credenza che doveva restituire a donna Carmela, alle cinque lire con cui ogni mese rinnovava la cartella all'agenzia dei pegni, e nemmeno ai fazzoletti di cotone che aveva ceduto per due spiccioli a donna Gabriella; insomma, in quei pochi metri che lo separavano dalla rotativa, Baldassarre non pensò a nient'altro se non ad avviare la Marinoni.

Come ogni notte, il cuore gli batteva forte.

Il pensiero che quel fiume di inchiostro e parole si sarebbe riversato negli occhi dei lettori grazie al suo lavoro lo emozionava come la vista della balena bianca avrebbe emozionato un vero capitano di nave che solcava gli oceani.

Stavolta però il cuore gli batteva un po' più forte.

All'ingresso della sala trovò immancabilmente Ninuccio, seduto davanti al compositoio di legno. Un bardascione con l'aria austera e sempre silenziosa, la tonaca rossa e gli occhi scavati: sembrava un monaciello.

"La signora ha visto tutto!" esclamò senza fiato Baldassarre. "Il giornale è pronto. Spicciati!"

Il compositore ricambiò con un'occhiata gelida: "Ho sentito, ho sentito. Chi non sentirebbe quella voce? Speriamo di non dover fermare la macchina come l'ultima volta".

"Accendi!" replicò smanioso il viceproto. "Lei non fa come don Edoardo," aggiunse sdegnoso. "Da quando sono proto, non ha mai..."

"*Vice*proto," precisò Ninuccio.

Baldassarre continuò: "Da quando sono viceproto, non ha mai fermato la Marinoni! Su, in fretta!".

Fu in quel momento che a Baldassarre Pietrocola da Francavilla, in Abruzzo, sembrò che il cuore stesse per fermarsi.

Sarebbe stata lei, 'a signora, a imprestargli le trentasei lire per riscattare l'abito nuziale di sua moglie. Almeno così erano rimasti d'accordo la notte precedente, davanti al San Carlo, quando lui l'aveva sorpresa alle spalle prima di salire sul cocchio. A proposito, si chiese, che ci faceva tutta sola a quell'ora per strada?

Chi se ne importa, si rispose, l'essenziale era che lei non avesse cambiato idea. Cosa impossibile, perché 'a signora era una donna di parola e gli voleva bene. D'altronde, era stata lei a fargli il primo colloquio dopo che don Edoardo lo aveva mandato a chiamare a Francavilla con la promessa di un lavoro (*Signor Pietrocola, sarei lieto di averla a mia disposizione nella tipografia del mio nuovo giornale, impresa in cui mi lanciai da quando quel cane di Schilizzi, il mio precedente socio di cui avrete sentito parlare, mi ha fatto la grazia di prendere una strada diversa dalla mia...*), ed era stata sempre lei, qualche anno prima, a scrivere un libro in cui prendeva le parti della povera gente come lui, che finiva nelle mani di impegnatrici e usurai per via del lotto.

Al giornale, 'a signora disponeva ogni cosa.

Nonostante Scarfoglio fosse il direttore ufficiale, secondo quanto previsto dalle leggi del Regno, era lei ad arrivare per prima in redazione e l'ultima ad andarsene di notte. Nonostante quattro figli a cui badare, inviti a teatro, cerimonie, feste, incontri con il commissario regio o con il principe di Napoli, era lei ad aspettare gli articoli di Ferdinando Russo fino all'ultimo, spesso a portarli di persona in tipografia: era lei a leggere, rileggere, correggere, infine ad alluccare dal primo piano e dare il via alla stampa. Se lui, Baldassarre Pietrocola, era il capitano del vascello, 'a signora ne era di sicuro l'armatrice. Sì, era l'unica che avrebbe mai potuto prestargli le trentasei lire per spignorare l'abito nuziale di sua moglie dalle manacce arraggiate di donna Gabriella.

Appena finita la stampa, sarebbe salito di sopra per consegnarle la copia staffetta ancora fresca – ogni notte 'a signora aspettava la prima copia del giornale con ansia, non chiamava mai la carrozza prima di averla sfogliata dall'inizio alla fine – e come convenuto lei gli avrebbe dato i soldi.

Quel giorno, in prima pagina, si dava conto delle dimissioni del presidente del Consiglio, e del fatto che il re le aveva respinte minacciando di sciogliere le camere. All'interno, don Edoardo si era lanciato con la sciabola contro i parlamentari oppositori al governo, in un accorato sostegno a

Giovanni Giolitti, l'uomo del Nord che considerava "*una personalità politica ormai matura, con la quale bisognava ad ogni modo fare i conti, che poteva da un momento all'altro trarre la spada di sotto al leggendario palamidone burocratico e gettarla imperiosamente sulla bilancia*".

Baldassarre non capiva un'acca di politica, anche se a volte in osteria ne discettava per il gusto di darsi delle arie. "Tartarin ha fatto l'alleanza Napoli-Cuneo!" aveva sentito mormorare nei corridoi della redazione nel pomeriggio, e così avrebbe ripetuto a quegli ubriaconi che ne capivano meno di lui: "Tartarin ha fatto l'alleanza Napoli-Cuneo!".

"Allora vado, Baldassarre," disse Ninuccio.

"Vai, munacié," soffiò il capitano Pietrocola con gli occhi fissi sulla Marinoni.

Ninuccio azionò la leva.

Fu così, mentre la macchina iniziava il suo frastuono di ruote dentate, cavi, tubi, dadi, viti e bulloni, che il viceproto non si accorse dei passi che, insolitamente per l'ora, si muovevano al primo piano.

Quando varcò un poco zoppicante l'ingresso della redazione, con la copia tra le mani sporche di inchiostro e il cuore traboccante di felicità, Baldassarre Pietrocola restò più stranito che deluso nell'apprendere che 'a signora era già andata via e lui per quella sera non avrebbe avuto le trentasei lire.

## *Due*

In mezzo alla strada buia, una carrozzella con un cavalluccio morello a fiocchi e sonagli attendeva "donna Matilde", come tutti chiamavano 'a signora, in sua presenza, per non apparire insolenti. Donna Matilde, all'anagrafe Matilde Serao.

Ritto accanto all'animale, intento a fumare un napoletano che dall'aspetto sembrava risalire ai tempi di Gioacchino Murat, se ne stava un giovane cocchiere senza cappello, la capigliatura ridotta a zero dal passaggio di una colonia di pidocchi e la divisa martoriata dalla miseria e dalle macchie dell'olio di frittura dei panzarotti.

"Stasera abbiamo finito prima?" le chiese il ragazzo appena la vide. Sembrava spaesato dall'ora insolita.

Matilde era grassottella, ma agile e svelta. L'aria un po' severa, mescolata a una fresca monelleria, faceva da contrappunto ai folti archi delle sopracciglia nere, alla leggiadra bianchezza dei denti, alle labbra tumide e rosse. Indossava un abito di raso scuro con una cintola di cuoio, mentre al collo portava una goletta rovesciata. Sul capo un semplice feltro nascondeva i capelli ad ala di corvo, un tempo ricca chioma di velluto nero. Aveva superato da un pezzo i trent'anni, e sembrava anche più vecchia.

Il cocchiere gettò il sigaro rinsecchito sul basolato e si affrettò ad aprire con deferenza – forse eccessiva – lo sportello della carrozza. "Prego, donna Matilde."

"Per favore, Arturo," disse lei. "Niente cerimonie, e soprattutto niente pettegolezzi come ieri sera, mi raccomando." Salì sul predellino. "Vaco 'e pressa."

Matilde si accomodò sui cuscini con aria solenne, sistemò il velo che le scendeva dal cappellino sulle spalle. "Scinne pe' piazza Municipio," sospirò. "Mi aspettano sotto l'arco di Sant'Eligio."

Il ragazzo si infilò la coppola e avviò al piccolo trotto il morellino.

Poche luci rischiaravano il golfo a quell'ora della notte: le lampare tremolanti dei pescatori, il veliero luccicante del principe di Napoli ormeggiato in porto, le alte luminarie della nave a vapore pronta a salpare per l'America, il chiarore delle anime ammassate sul molo San Vincenzo in attesa da giorni di un imbarco. Il cavalluccio percorse le strade nere e sordide della città accompagnato dal tintinnio dei suoi buffi sonagli, quasi scusandosi per il rumore.

L'umore cupo e denso di nubi che aleggiava sotto il feltro di Matilde nascondeva un paio di solide motivazioni.

La prima era nota persino ad Arturo che, in quanto cocchiere, nel campo degli inciuci rappresentava per l'universo maschile napoletano ciò che le capere – le acconciatrici a domicilio o di bottega – erano per quello femminile. A Napoli, infatti, il pettegolezzo aveva delle categorie professionali preposte a cui affidarsi per diffondersi di bocca in bocca, fino ad arrivare in luoghi remotissimi della città, al punto che un inciucio di mezzogiorno a Strada Pazzariello entro le nove di sera era già ben allocato in una masseria dei Camaldoli; eppure, se qualcuno lassù sulla collina si fosse spinto a chiedere al suo interlocutore dove avesse appreso la diceria, ecco che costui si sarebbe schermito dicendo: "Dalla capera!" o: "Dal cocchiere!".

Quindi Matilde, che conosceva a menadito il vasto mondo interiore dei suoi concittadini, raccontandone ogni giorno gli anfratti più reconditi e le manifestazioni più estrose, poteva immaginare senza fatica i pensieri di Arturo in quel momento, mentre la carrozzella trotterellava verso Sant'Eligio.

Ciò a cui il cocchiere stava pensando era l'accesa discussione che quella mattina 'a signora e Scarfoglio avevano avuto per l'ennesima volta in pubblica piazza durante la riunione di redazione. A quanto pareva, il litigio era stato così prolungato e sfiancante che i redattori erano fuggiti alla spicciolata, lasciando solo l'imbarazzatissimo Giulio Scalinger, il caporedattore.

Scalinger era rimasto per dovere e... per amore. La passione che nutriva per donna Matilde – segreta dal suo ingenuo punto di vista, nota a chiunque grazie ai pettegolezzi di Arturo – gli avrebbe impedito di abbandonarla per un solo attimo finanche in una situazione tanto incresciosa.

"Anemia cerebrale!" aveva sbraitato Scarfoglio, rimproverando alla moglie di aver usato quell'espressione contro di lui sul giornale. "Tu hai letto, Giulietto?" Don Edoardo si mordeva le labbra. "Anemia cerebrale! Mia moglie ha scritto di me, della mia défaillance oratoria, definendola 'anemia cerebrale'! Lo ha scritto sul mio giornale! Tu hai letto, Giulietto?"

Scalinger, che in cuor suo avrebbe parteggiato per Matilde a prescindere, anche se davanti a tutti avesse affondato un pugnale sottratto al museo Filangieri nel petto del marito, si era cimentato nell'ardua impresa di mostrarsi imparziale: "Sì, ho letto, ma era..." aveva balbettato. "Ma era..."

Scarfoglio, poco più che trentenne e più giovane di Scalinger di una decina di anni, aveva messo la sua figura imponente e minacciosa davanti a quella esile e da topo di biblioteca del povero cronista. "Ma era?"

Scalinger s'era fatto bianco come un cencio.

"Ma era?" lo aveva incalzato Scarfoglio.

"Era... per scherzo!" aveva mormorato, deglutendo.

Don Edoardo era così incredulo da apparire calmo. "Per scherzo? Dici sul serio, Giulietto?"

Dal fondo della sala, reggendosi la testa tra le mani con i gomiti appoggiati sul tavolo delle riunioni, Matilde aveva preso la parola: "Sì, Tartarin. Era per scherzo! Per scherzo! E soprattutto, per esserti di aiuto nel difendere la tua reputazione. Quante volte te lo devo ripetere?".

"Ma quale scherzo e scherzo!" aveva replicato Scarfoglio. "Per caso, conosci un'altra donna che si prenda gioco del marito, dandogli dell'anemico cerebrale sul giornale di cui è il direttore?"

"No, non la conosco una donna così," aveva risposto esausta lei. "D'altro canto, non conosco nessuna donna che scrive per un giornale, tantomeno una sposata al direttore di un giornale."

A don Edoardo la rabbia scorreva nel sangue a fasi alterne. In certi momenti lo rendeva cieco, in altri lo faceva più filosofico: "Sono curioso di ascoltare la tua difesa! In base a quale categoria della logica l'anemia cerebrale che mi avrebbe assalito durante la conferenza al Filologico, e che tu hai descritto così accuratamente nell'articolo, sarebbe un innocuo scherzetto al fine di difendere la mia reputazione?".

Matilde aveva alzato il capo. "Te lo ripeto ancora una volta, Tartarin," aveva sbuffato. "Il fatto di prenderti in giro sul *nostro* giornale per il tuo intervento al Filologico, di cui tutta la città fa pettegolezzo da giorni, mi è sembrato uno stratagemma per difenderti. Altrimenti, la gente avrebbe pensato: ecco, tutti sanno che don Edoardo Scarfoglio ha fatto scena muta l'altra sera alla conferenza, in preda alla consueta paura di parlare in pubblico, quindi adesso i coniugi che fanno? Ovvio, ne tacciono. Non ne scrivono per vergogna!" Ora parlava con piglio più sicuro. "Se usiamo l'ironia contro noi stessi, nessuno potrà adoperare il suo sarcasmo contro di te! Ora hai capito?"

Scarfoglio aveva tentennato.

Matilde si era girata verso il caporedattore, dall'altro lato della sala: "Tu lo avevi capito, Giulietto?".

I baffi a manubrio di Scalinger si erano ridestati: "Certo, certo, lo avevo capito..." aveva risposto. "Si capiva bene quello che intendevate dire. Se mi è permesso, donna Matilde, il vostro ragionamento oltre che logico è anche astuto. Anzi, astutissimo!"

La tempesta era passata, ma non il disamore, tipico di ogni coppia in crisi.

Scarfoglio si era rinchiuso nel suo ufficio per il resto della mattinata. Come al solito, nel pomeriggio aveva lasciato le incombenze della redazione per andarsene al Circolo Italia, dove fervevano i preparativi della crociera sul *Fantasia* che stava per intraprendere, o almeno così sosteneva, assieme a un gruppetto di bizzarri artisti con la smania delle guerre d'Africa e delle avventure per mare. Tra loro l'astro nascente della poesia italiana, Gabriele D'Annunzio.

Invece Matilde si era trattenuta al giornale con la tristezza nel cuore e la certezza che le fughe pomeridiane del marito nascondessero ben altro. Era rimasta incollata nella sua stanza a scrivere, a leggere, a occuparsi dei pagamenti ai fornitori e ad aspettare impaziente gli articoli dei cronisti per organizzare le lastre e mandarle in stampa.

Per restare fedele al suo lavoro, negli anni non si era mai curata, quindi non era bella né quasi mai abbigliata bene, e aveva ormai anche la vista rovinata. Dopo tutto quel leggere e scrivere, la miopia ne oltraggiava il viso paffuto con spesse lenti che le davano un aspetto poco accattivante. Gli uomini la criticavano perché troppo audace, le femministe perché troppo sottomessa. Che cosa doveva fare, Matilde? Che cosa doveva essere?

Com'erano lontani, aveva pensato, i tempi in cui lei e suo marito erano la coppia più invidiata del Regno. Com'erano lontani gli anni romani del loro flirt, quando avevano avuto il primo abboccamento alla redazione del "Capitan Fracassa". Da lì in poi non si erano più lasciati. Lui, Edoardo Scarfoglio, alias Tartarin, giovane lupo degli Abruzzi, scrittore, poeta e critico che con la sua penna temeraria stroncava persino le opere del grande Balzac, temuto da scrittori ed editori per l'acutezza dello sguardo e l'ostinazione nella polemica. Lei, Matilde Serao, di pochi anni più matura, scrittrice di successo, nata a Patrasso, in Grecia, sempre pronta ad accomodarsi in qualche salotto mondano, dove la sua risata riecheggiava scintillante. Alias: Chiquita, Tuffolina, Gibus... Ne aveva a bizzeffe di pseudonimi con cui firmare gli articoli.

"È arrivata Matildella!"

"Ecco la signorina napoletana!"

"Adesso ci sarà di che spassarsela!"

Così si diceva di lei alle più esclusive feste della Capitale, tra coppe di champagne e artisti del belcanto, dove una volta Scarfoglio le aveva indicato il mezzosoprano Pauline Viardot da sola in un angolo. Da tempo ormai, raccontavano le cronache, la Viardot aveva abbandonato le scene e viveva in ritiro, esercitando l'insegnamento alle fanciulle.

"Non è possibile, non può essere la Viardot!"

"Ma certo che è lei! Da quando ha litigato con Wagner ha deciso di viaggiare per il Mediterraneo prima di tornarsene in Germania..."

Se fosse o meno la celebre cantante, Matilde non avrebbe saputo dirlo. Con Edoardo era sempre così. Le storie che raccontava potevano essere vere o false, il problema era stato fidarsi di lui senza verificare. In amore avrebbe dovuto comportarsi come di fronte a una notizia – capire a fondo, verificare le fonti, dividere il vero dal falso, i fatti dalle interpretazioni –, ma si era innamorata e aveva interpretato credendo di sapere. Eppure, cosa le aveva insegnato il direttore Gandolin durante l'apprendistato al "Capitan Fracassa"? "Il buon cronista discerne il vero dal falso in un solo modo. Il vero si trova per strada, il falso germoglia nel cuore."

In questo modo, accecata dall'amore per Scarfoglio, aveva commesso un errore fatale, soprattutto per una scrittrice della sua tempra.

Così si era ritrovata nell'avventura di quel giornale a fingere di non esserne la direttrice, da un lato per assecondare le leggi del Regno – che avrebbero malvisto una donna al comando –, dall'altro per non urtare la suscettibilità di quel narciso che aveva preso per marito. Si era ritrovata ad attuare le disposizioni di don Edoardo anche quando non le credeva ineccepibili, a scrivere perlopiù di buone maniere e pettegolezzi nei suoi "Mosconi" e a rispondere alle domande delle lettrici più petulanti benché avrebbe preferito scagliarsi contro il governo. Si era ritrovata a difendere le inadempienze pubbliche di Scarfoglio, gagliardo e focoso quando si trattava di scrivere nascosto dietro la firma di Tartarin, ma debole e fiacco quando doveva prendere la parola in pubblico. Si era ritrovata a crescere quattro figli da sola, con un marito sciupafemmine che amava andare per mare e di notte preferiva restare a dormire sul *Fantasia* invece di tornare da Totino, Carlo, Paolo e Michele. Si era ritrovata in questa assurda situazione e alla fine si era persuasa che tutte le donne vengono tradite, accettandolo come si accetta che il venticinque dicembre sia Natale e che la Pasqua arrivi quaranta giorni dopo il Carnevale.

L'idea di un quotidiano, che solo pochi mesi prima era sembrata a entrambi la più mirabile delle imprese – il giornale di Scarfoglio e Serao, ispirato ai più alti princìpi del liberalismo e del moderatismo, nato per difendere il Meridione d'Italia martoriato dall'unificazione –, adesso aveva l'ampiezza di una lurida cella alla Vicaria. Più cresceva il successo del giornale, la sua tiratura aumentava e la Marinoni faticava, diffondendo ovunque la reputazione della splendida coppia che lo dirigeva, più la cella attorno a Matilde si restringeva.

Questo era il primo motivo per cui, mentre il cavalluccio morello procedeva verso Sant'Eligio, il suo umore era cupo e malinconico.

Il secondo era rappresentato dai timori per ciò che sarebbe accaduto una volta scesa dalla carrozza, ragion per cui se n'era andata dalla redazione prima del solito e di soppiatto: l'appuntamento a mezzanotte con un uomo che si era fatto vivo da un lontano passato e che adesso prometteva di mostrarle "fatti inauditi, anzi, inauditissimi". Fatti che, una volta scoperchiati, "avrebbero sconvolto la città dalle fondamenta".

Un banco di nuvole coprì la luna, il vento pettinava il crine del morellino e sferzava i lampioni dell'illuminazione. Il cocchio di Arturo sfrecciava a passo rapido nella notte, mentre poco più in là le onde del mare si infrangevano rabbiose sulla scogliera.

Matilde non ne avrebbe saputo spiegare la ragione, ma aveva un brutto presentimento. Qualcosa di ignoto e terribile stava per abbattersi sulla città, pensò, un evento eccezionale che l'avrebbe inghiottita e fatta sparire.

Giunti a destinazione, si congedò dal cocchiere e scese con un saltello per infilarsi sotto l'arco di Sant'Eligio. A quell'ora, le botteghe nella via stretta che costeggiava la chiesa gotica col grande orologio che segnava quasi mezzanotte erano sbarrate. Sparite anche le anime maledette della città che vivevano per strada.

"Carta, tela, tela, carta... E so' sempe carte... Ccà nisciuno vo fà carte... Ce vonno 'e carte 'e mille lire pe fà carte... Carta, tela, tela, carta..."

All'angolo di piazza Mercato, dopo il chioschetto dell'acquaiolo, la venditrice di lettere e cartoline ripeteva la sua litania. Era una vecchia sciancata e curva, con le pupille dilatate che al buio emanavano un chiarore inquietante. Durante il giorno, quando la strada era affollata, nessuno faceva caso alla sua pazzia, ma di notte, quando i caffè e le botteghe chiudevano, la sua voce si spandeva con un ritmo lento, diabolico.

"Carta, tela, tela, carta... E so' sempe carte... Ccà nisciuno vo fà carte... Ce vonno 'e carte 'e mille lire pe fà carte... Carta, tela, tela, carta..."

Matilde allungò un soldo alla donna che, pur non vedendo nulla, afferrò la moneta e se la infilò nella tasca della veste scura che le calzava come il saio di un fraticello. La vecchia orba non ringraziò e non proferì parola.

Matilde alzò lo sguardo verso l'orologio della chiesa e scoprì che la mezzanotte era trascorsa da un paio di minuti. Si pentì di aver accettato la proposta di quell'uomo venuto dal passato. Che cosa ci faceva una donna sola, di notte, per strada, quando tutto sembra lasciar presagire morte e distruzione?

Lei, Matilde Serao, scrittrice, moglie di Edoardo Scarfoglio, fondatrice di due giornali, madre di quattro figli che aveva lasciato per inseguire la chimera del suo demone: una notizia.

Il silenzio attorno a lei era profondo e irreale, almeno quanto lo era stato il suo accordo con quell'uomo desideroso di mettere a soqquadro il mondo. Si diede della stupida per essersi fidata.

Sbuffò come la Marinoni in tipografia quando il suo grido dal primo piano tardava ad arrivare. Adesso capiva lo stato d'animo dei tipografi, l'incertezza del non sapere quando sarebbero andati in stampa, il timore che la giornata non sarebbe mai finita. Era l'incubo peggiore, per una scrittrice abituata a ordinare il mondo dentro gli stretti confini di una pagina composta di gabbie e linee precise. Se la carrozza incaricata di passare a prenderla non fosse arrivata, si chiese controllando l'orologio, se la giornata fosse finita e nessuno l'avesse avvisata?

La vecchia orba tirò dritto verso piazza Mercato e a un tratto, mentre ripeteva la sua nenia – "Carta, tela, tela, carta... E so' sempe carte... Ccà nisciuno vo fà carte... Ce vonno 'e carte 'e mille lire pe fà carte... Carta, tela, tela, carta..." –, sparì.

La strada era deserta. Il vento creava mulinelli di cartuscelle e avanzi di cibo. Matilde, rimasta da sola, rabbrividì.

All'improvviso, un drappo nero calò sulla città.

Il giorno del ritrovamento...

# 2.

# Poco alla volta, la città rivide la luce

## *Tre*

Questo dispaccio andrebbe letto subito, senza perdere un istante...

Così stava pensando il caporedattore Scalinger, in un angolo della sala riunioni, mentre stringeva il foglio in una mano, aspettando il momento giusto per inserirsi nell'ennesimo litigio tra i coniugi.

"Hai voluto Maupassant e hai avuto Maupassant!" urlò Scarfoglio. "Hai preteso Bourget e hai avuto Bourget! Cos'è, adesso, questo capriccio per un altro *Ventre di Napoli*?"

"Non è un capriccio."

"Invece sì!"

"Gli uomini come te, Scarfoglio, chiamano capriccio ogni volontà di una donna che non corrisponde alla loro," disse Matilde. "Lo fate di continuo. Lo chiamate 'capriccio' e vi aspettate che una donna si senta in colpa per i suoi desideri. Lo chiamate 'capriccio' e la donna, sentendosi in colpa, perché così è stata educata, sceglie in piena autonomia di rinunciare ai suoi desideri, cioè a se stessa..." continuò. "Così, gli uomini come te si sentono appagati, perché non avete commesso alcuna forzatura, non avete avuto bisogno di minacciare punizioni per soddisfare il vostro, di 'capricciò'! In questo caso, però, ti sfugge un dettaglio."

"Sarebbe?"

"Il mio mestiere è scrivere. Non devo rendere conto a te, ma ai lettori. E ai lettori si rende conto in un unico modo, Tartarin: pubblicando le notizie."

Scarfoglio sbuffò. "E tu credi che per i lettori di questa città sia una notizia, l'ennesima inchiesta sul lotto?" le domandò sarcastico. "Ti prego, Tuffolina, torna in te..."

Dal silenzio che seguì, Scalinger si convinse che era giunto il momento di prendere la parola e leggere il contenuto dell'informativa arrivata dalla caserma Pastrengo. Vi si parlava del cadavere di un uomo rinvenuto di prima mattina ai Ventaglieri, immerso in una pozza di sangue. Le condizioni lasciavano pensare a un delitto efferato.

"Ci sarebbe questo dispaccio," intervenne titubante Scalinger.

"Non chiamarmi Tuffolina!" gridò Matilde rivolta a Scarfoglio, ignorando il caporedattore.

Tuffolina era stato il suo primo alias a Roma, prima di Gibus e dopo lo pseudonimo degli esordi, Chiquita.

"Ah, no? E come dovrei chiamarti, di grazia?"

"Chiamami Matilde o signora Serao, ma non Tuffolina. Tuffolina non esiste più!"

Ricominciarono a discutere. Scalinger continuava a stringere in mano quel dispaccio infuocato. Un omicidio così brutale al centro della città – ancorché nella nota dei carabinieri si parlasse di un socialista, militante del Fascio operaio – gli sembrava una notizia troppo importante per ignorarla.

Ancora una volta, era rimasto solo lui. Ferdinando Russo se l'era data a gambe. Con lui Bracco, Verdinois, Panzacchi e Nitti. Tutti volatilizzati. Che bella banda di colleghi! Lasciarlo da solo ad assistere all'ennesima umiliazione inflitta alla sua amata da quell'essere dispotico e insensibile. Scarfoglio era un uomo a suo modo geniale, pensò, ma non bastava essere un genio per meritare rispetto.

"Questodispaccioandrebbelettosubitosenzaperdereunattimo!" disse tutto d'un fiato.

Matilde, come risvegliata da un sogno, si girò. "Quale dispaccio, Giulietto? Quando ti spicci a dirmelo?"

Scalinger mostrò il pezzo di carta. "Stanotte c'è stato un omicidio ai Ventaglieri."

Matilde sbiancò. "Dammi qua." Gli strappò il foglio dalle mani, mentre Scarfoglio si lisciava i baffi con aria indifferente.

"Non c'è il nome della vittima," mormorò dopo aver letto. Di colpo, il brutto presentimento della notte precedente riemerse dal punto esatto in cui lo aveva abbandonato.

In quel momento bussò Teresella, la donna a servizio che puliva gli uffici della redazione. "All'ingresso c'è una persona che sostiene di dover conferire urgentemente con donna Matilde," disse.

"Se è Baldassarre, digli che nun tengo capa: le trentasei lire poi gliele do," rispose 'a signora.

"Nossignora," reagì Teresella. "Si tratta del capitano Barbatello."

Matilde trasalì.

"E non desidera parlare anche con il direttore?" intervenne Scarfoglio.

Teresella abbassò lo sguardo. "In verità," rispose tentennante, "chiede solo di donna Matilde."

## *Quattro*

Raggiunse il capitano, che la aspettava nel suo ufficio.

Non avevano simpatia l'una per l'altro. Sin dai tempi in cui, dopo la promulgazione della Legge Speciale e la successiva Convenzione per Napoli, Matilde Serao aveva denunciato i metodi violenti dei carabinieri negli sgomberi delle case che la Società per il Risanamento aveva deciso di abbattere per costruire la strada che avrebbe salvato i napoletani dalla pestilenza, ma soprattutto da se stessi. Il Rettifilo, moderna arteria di un chilometro e trecento metri, era il simbolo con cui il governo aveva deciso di sventrare Napoli, credendo che sarebbe bastato cancellare i poveri per cancellare anche la povertà.

"La vittima si chiamava Montanari. Carlo Montanari," disse Barbatello togliendosi la lucerna. "Iscritto al Fascio operaio indipendente, alla terza circoscrizione del Comitato operaio, e vicepresidente dell'Associazione lavoratori calzolai. Lo conoscevate?"

Matilde si coprì la bocca con una mano, sconvolta. Purtroppo, il presentimento corrispondeva alla realtà. Carlo, l'uomo venuto dal passato che le avrebbe dovuto mostrare "i fatti inauditissimi", era stato assassinato: ecco perché la notte precedente la carrozza non si era presentata all'appuntamento sotto l'arco di Sant'Eligio.

"A lungo," disse con le lacrime agli occhi, "sono stata amica di sua moglie."

"Una semplice amica o una buona amica?"

Matilde tentennò. "Annarella era tra le persone più care che abbia mai avuto."

Si lasciò cadere sulla sedia dietro la scrivania.

"Che fine ha fatto questa Annarella? Anche lei è..."

"Deceduta, sì," mormorò con gli occhi sgranati persi nel vuoto. "Parecchi anni fa."

Federico Barbatello, ordine militare di Savoia, medaglia d'argento al valor militare, era uno degli uomini migliori su cui l'Arma del Regno potesse contare sin dai tempi dell'attentato a re Umberto su via della Carriera Grande per mano del cuoco Giovanni Passannante.

All'epoca, poco più che trentenne, il capitano era stato tra i primi a fermare il pugnale dell'attentatore, guadagnandosi la stima perpetua del comandante De Giovannini, ma soprattutto della Casa Reale, diventando per tutti "l'eroe del Cavone", dal nome del quartiere in cui si erano svolti i fatti.

Eppure, nonostante il glorioso episodio, cui nel tempo si sarebbero aggiunti gli arresti di camorristi e malviventi, rapinatori e usurai, a Matilde quel bellimbusto alto più di un metro e ottanta che le stava davanti, imbolsito dall'età, non era mai piaciuto. La devozione per il potere, al limite dell'ottusità, lo rendeva ai suoi occhi il custode di ogni angheria del mondo. Ovunque bisognasse realizzare l'ingiustizia in virtù di violenza a norma di legge, ecco apparire sulla scena della Storia un Federico Barbatello. Uomini come lui ce n'erano a bizzeffe, e a Matilde quegli uomini non piacevano. Sentimento che con ogni probabilità era ricambiato, almeno considerato il tono con cui il capitano le si stava rivolgendo mentre girava il cucchiaino nella tazzina di caffè servito da Teresella. Quest'ultima, data la proverbiale acrimonia tra 'a signora e l'eroe del Cavone, aveva preparato la peggior ciofeca della sua vita.

"Abbiamo saputo da un testimone," cominciò Barbatello, "che due giorni fa vi eravate incontrata con la vittima in un locale di via Chiaia."

"E allora?" rispose con prontezza Matilde. "Abbiamo mangiato una pizza, per caso è vietato dalla legge?"

Il capitano scosse il capo. La sua espressione algida e dubbiosa incuteva timore, a tutti ma non a Matilde.

"Lo sapevate che da Pietro il pizzaiolo è stata inventata la Margherita in onore della nostra sovrana?" gli chiese per rompere il silenzio.

"Non mi intendo di queste cose, signora."

"Non vi intendete di pizze, ma della famiglia reale sì. Siete pur sempre insignito della *seconda* onorificenza militare del Regno."

Quelle parole esplosero all'altezza del petto, come un colpo di carabina, nell'uniforme turchina con gli alamari argentati di Barbatello. Da tempo, ormai, il ricordo della medaglia d'argento al valor militare per aver sventato l'attentato al re era sbiadito al cospetto dell'estenuante attesa per l'attribuzione di quella d'oro. Si trattava di un tragico paradosso. La stella di Barbatello non era caduta in disgrazia presso nessuno, ma il solo fatto di non brillare come un tempo dava a chiunque – soprattutto a lui, e in particolar modo di notte, quando si svegliava prima dell'alba in preda ai sudori freddi – la sensazione che il capitano fosse stato messo da parte.

"Insomma," concluse sbrigativo il carabiniere. "Di cosa avete discusso con Montanari?"

Per un attimo, Matilde fu tentata di raccontargli tutto. Eppure, l'istinto le suggeriva di non scoprire le sue carte. Almeno per il momento.

"Secondo voi, di cosa possono discutere una giornalista e un socialista nel giorno in cui il presidente del Consiglio dei ministri rimette il suo mandato alla Camera?"

"Non saprei."

"Di politica."

"Soltanto quello?"

Matilde si schermì. "Avevo saputo che Montanari si era legato a Casilli, l'onorevole che siede in parlamento, tramite l'Associazione calzolai. Avrei voluto cavargli qualche informazione di prima mano per scrivere un articolo, ma non c'è stato il tempo..."

"Quindi, vostro marito vi lascia scrivere di cose serie?" la sferzò Barbatello. "Non solo dei pettegolezzi di cui sono pieni i vostri 'Mosconi'?"

E sorrise soddisfatto.

"Sapete, capitano," disse Matilde, "qui dentro abbiamo

il compito di riempire ogni giorno di parole ben quattro pagine su cinque colonne. Solo così possiamo mandare in stampa il giornale. Tutto quell'inchiostro serve a diffondere le notizie, ma anche a raccontare una storiella alla gente. Sapete quale?"

Si alzò in piedi. Da vicino notò che il viso glabro di Barbatello era coperto da una leggera peluria rossiccia.

"Ditemelo voi."

Matilde continuò: "Gli raccontiamo la storiella che il mondo, nonostante le brutte notizie che gli diamo da leggere ogni giorno, nonostante omicidi, miseria, corruzione, malattie, è tutto sommato un buon posto. Tenuto a bada da persone come voi, carabinieri leali e coraggiosi".

Senza chiedere permesso, il capitano poggiò la lucerna sulla scrivania, accanto all'Olympia. "Parliamoci chiaro, donna Matilde," tagliò corto. "Siete l'ultima persona ad aver visto vivo un pericoloso socialistoide prima che lo ritrovassero sventrato in strada. Vi rendete conto della situazione?"

"Sventrato?"

"Un taglio dalla gola all'inguine," disse Barbatello mimando il gesto. "Come un capretto pasquale."

Matilde raggelò e tornò a sedersi.

"Perciò sarebbe utile alle indagini se foste in grado di offrirci qualche informazione," continuò il carabiniere. "Se la vittima, quella sera in pizzeria, vi ha confidato qualcosa, se vi ha parlato di qualcuno con cui di recente aveva litigato. Oppure se ha mostrato di avere gravi e urgenti problemi economici..."

Matilde capì la ragione per cui poco prima il suo istinto le aveva suggerito di mentire. La richiesta del capitano era un modo per dirle: fammi qualche nome e ti terrò fuori da tutto, collabora e non avrai problemi. Magari, se avesse fatto menzione della promessa di Montanari di portarla al cospetto dell'uomo che stava corrompendo mezzo Consiglio comunale, se avesse raccontato all'ufficiale pluridecorato i progetti di espansione che "il marcio che domina in città" aveva in animo dopo il rinnovo della Convenzione per Napoli, allora lui, Federico Barbatello, avrebbe indagato a fondo, avrebbe trovato i colpevoli dell'orrendo delitto e li avrebbe assicurati alla giustizia.

Questo, pensò Matilde, sarebbe accaduto in un mondo ideale. Un mondo in cui gli eroi nazionali che sventavano gli attentati al re si sarebbero occupati di risolvere il mistero dietro l'assassinio di un socialista. In realtà, conosceva bene i metodi degli ufficiali del Regno, i loro pregiudizi verso la povera gente, il modo in cui erano stati indottrinati sin dal primo giorno di servizio. Il capitano non aveva nessuna intenzione di fare giustizia, solo di arrestare un povero cristo qualsiasi, così da prendere due piccioni con una fava: l'indagine risolta e un vagabondo in meno per strada. Se poi gli avesse raccontato del mancato appuntamento con Emiliano, il figlio di Carlo e Annarella che sarebbe dovuto passare a prenderla a mezzanotte sotto l'arco di Sant'Eligio, avrebbe rischiato di inguaiarlo ancor prima di sapere cos'era accaduto. Quel pensiero le accese una lampadina: doveva mettersi al più presto in contatto col ragazzo, lui le avrebbe rivelato cos'era successo quella notte maledetta.

"Allora, donna Matilde?" Barbatello la riscosse dalle sue riflessioni. "Non avete nessuna storiella per me, sul conto di Carlo Montanari?"

Lei lo guardò dritto negli occhi. "Mi spiace, capitano," disse. "Non ho una storiella da raccontarvi."

Due giorni prima...

# 3.
# Una storiella da raccontarvi

## *Cinque*

La storiella che 'a signora avrebbe dovuto raccontare al capitano Barbatello si era svolta due notti prima del ritrovamento del cadavere sventrato di Montanari, quando Carlo era riapparso all'improvviso con un biglietto arrivato in redazione che prometteva di svelarle "fatti inauditi, anzi, inauditissimi" se avesse accettato di incontrarlo quella sera da Pietro il pizzaiolo.

Al tramonto, Matilde aveva chiesto ad Arturo di accompagnarla con la carrozza a casa, fin sopra Monte di Dio. Suo figlio Totino aveva un po' di febbre, motivo per cui voleva dargli una controllata prima di recarsi all'appuntamento col vecchio amico. Si sentiva inquieta per l'incontro imminente con Montanari, e in colpa perché non si stava comportando da buona madre.

Tuttavia Checchina, la governante, l'aveva rassicurata: se ce ne fosse stato bisogno, durante la notte avrebbe messo degli impacchi freddi sulla fronte di Totino per far scendere la febbre. Per quanto riguardava la cena, la minestra di indivia, cavolo e cicoria era già pronta per gli altri tre ragazzi e bisognava soltanto riscaldarla, mentre per l'ammalato aveva preparato il brodo di carne.

Quando l'orologio da parete nel secondo salone batté le nove, Matilde si alzò dal divano e andò nella stanza dove dormivano – beati e senza impicci – Carlo, Paolo e Michele, poi entrò in quella dove Totino se ne stava in quarantena.

Si accomodò sulla sponda del lettino e gli accarezzò la fronte, mentre lui si agitava nel sonno tra i bollori della febbre e gli incubi. Lo guardò con tutto l'amore di madre, l'amore di chi si commuove alla sola vista del figlio, l'amore che da milioni di anni ogni madre prova verso la propria creatura. Capelli corvini, carnagione olivastra, le guance paffute e quel mento tondeggiante, da prendere a morsi. Bello 'e mamma, pensò, tale e quale a suo padre.

Forse Scarfoglio sarebbe tornato a casa e avrebbe chiesto di lei, si disse, forse non si sarebbe accorto della sua assenza o forse non sarebbe tornato nemmeno quella notte: ormai non era più affar suo. Da tempo aveva smesso di avvertire il drago della gelosia morderle lo stomaco: d'altronde tutte le donne subiscono i tradimenti, no?

Poco alla volta Totino si acquietò e lei ne approfittò per salire in terrazza a dare un'occhiata ai fiori che adornavano la serra di Palazzo Ciccarelli di Cesavolpe. Soprattutto in primavera si dilettava a coltivare le sue piante, impreziosendo la serra con i nuovi arrivi. Al buio, quando il sole di Monte di Dio smetteva di baciarli, i suoi fiori si mostravano nel loro aspetto meno sfavillante, tuttavia era nel loro carattere introverso e nelle fattezze meno pompose che lei li amava di più.

I fiori avevano un'anima, ne era certa.

Scarfoglio poteva toglierle l'amore, la dignità, se avesse voluto persino la casa e il lavoro, ma non poteva toglierle i fiori. I fiori, rifletté, sono tesori incalcolabili, sono i tesori di chiunque ha amato e ama, i tesori di ogni anima bella, i tesori che non hanno mai fine. Come le sue preferite, le violette dall'invincibile profumo di passato. Chi non amava le viole? Nemmeno l'animo più duro e meno attento alle bellezze del mondo poteva disprezzarle. Persino don Edoardo, che non le degnava neanche di uno sguardo nelle rare occasioni in cui saliva in terrazza, poteva dirsi insensibile al fascino di quelle campanule violacee che ogni primavera tornavano a vivere.

Matilde rientrò in casa e si diresse nella stanza con le pareti coperte di raso color tabacco e il baldacchino azzurro con fiocchi e ricami ricchissimi, dove troneggiava il largo letto di noce. Lo stesso che per metà sarebbe rimasto gelido, intatto, tanto che l'indomani Checchina non avrebbe avuto bisogno di cambiare le lenzuola. Quanta amarezza.

Con l'allegria di un fascio di friarielli mondato e dimenticato in cucina da una settimana, giunse all'appuntamento con Carlo Montanari a bordo della carrozza di Arturo trainata dal morellino infiocchettato. "Vattene all'Angiporto, Artù," gli intimò congedandolo. Non voleva che il cocchiere si impicciasse del suo incontro serale. "Non c'è bisogno che mi aspetti. Dopo cena, faccio due passi e me ne torno a Monte di Dio."

"Statevi accorta, donna Matilde. La notte è piena di mascalzoni."

"Purtroppo non più come una volta, li abbiamo assunti tutti al giornale." E così dicendo 'a signora sgranò un sorriso. "Statte buono, ci vediamo domani."

Varcò l'ingresso di Pietro il pizzaiolo e subito fu avvolta dall'odore di pasta bruciata e pomodoro cotto. Alla vista delle casseruole di rame con gli impasti e del forno ardente di schiacciate rotonde, lo stomaco borbottò. I pensieri che la affliggevano furono allontanati dalla prospettiva di una pizza ben condita.

Le donne protagoniste dei romanzi d'appendice che amava leggere e pubblicare a puntate sul giornale, corrose dalla gelosia e dalla magrezza, capaci di buttare giù un'intera boccetta di cloralio, proprio non le capiva. Per carità, ne condivideva i dispiaceri e aveva a cuore le loro sorti in un mondo di uomini deludenti, eppure non si capacitava di come potessero lasciarsi morire per un principe azzurro che quasi sempre non era né principe né azzurro. Probabilmente, pensò, se le eroine dei romanzi avessero ordinato un soldo di pizza olio, origano e aglio da Pietro il pizzaiolo si sarebbero salvate.

Un garzone che sulla testa portava un grande scudo convesso di stagno ricolmo di fette di pizza si avvicinò per sussurrarle in un orecchio: "Vi aspetta al piano di sopra".

'A signora si avviò su per la scala di legno col cuore in subbuglio. Quanti anni erano trascorsi dall'ultima volta che si erano visti? Tanti, rifletté, mentre i gradini sbeccati e macchiati di unto scricchiolavano sotto i suoi passi, tantissimi.

"Che onore!" esclamò Carlo Montanari, vedendola sbucare nella sala. "Non avrei mai immaginato che Matilde Serao in persona, la migliore cronista del Regno d'Italia, avrebbe accettato di incontrare un umile esponente del popolo dei lavoratori in un luogo tanto lurido e malfamato. Prego, Matildella, accomodati pure..."

Matilde prese posto sulla sedia impagliata.

"Per la verità, *camarade* Montanari, su una cosa ti sbagli," iniziò dando un'occhiata alla sala oscura e insalubre dove mangiare, foss'anche soltanto una fetta di pizza da un soldo, pareva un'attività igienicamente molto temeraria. "Più che la migliore cronista del Regno d'Italia, sarebbe meglio dire che sono l'unica. D'altro canto, non mi pare che il popolo dei lavoratori a cui appartenete si sia ancora posto il problema delle lavoratrici..."

Montanari scoppiò in una risata fragorosa. "Touché, Madame Serao!" Richiamò l'attenzione del garzone. "Due belle pizze pomidoro e muzzarella," ordinò. "E una caraffa di falanghina." Infine, scrutò la donna. "Hai cambiato pettinatura?"

Matilde si toccò imbarazzata la chioma. "Da quando non ci vediamo? Porto questo taglio da anni."

"Eh sì, ne è passato di tempo."

"Già. Quest'anno ricorre l'ottavo anniversario, è vero?"

Montanari annuì malinconico. Si stava tastando il collo alla ricerca di qualcosa, una cordicella che aveva tirato fuori dalla camicia sotto il panciotto pieno di macchie e rammendi, portandosela alla bocca per baciarla. Per un attimo, la rudezza socialista della sua barba folta e grigia sembrò meno ispida. Gli occhi dell'uomo si riempirono di lacrime.

"Un tempo te ne andavi spavalda per bassi e fondaci," la attaccò lui, quasi come se il piglio polemico potesse scacciare via la tristezza. "A San Giovanni a Carbonara, a via Santi Apostoli, nelle traverse del Nuovo Corso Garibaldi, a Porta Capuana. Amavi raccontare la vita della povera gente. Quel tuo libro, *Il ventre di Napoli*, a lungo mi ha fatto sperare di trovarmi al cospetto di una novella Émile Zola, che potessi avvicinarti alla fede socialista."

"Faccio la scrittrice," rispose Matilde. "Entro nei bassi e nei fondaci, e in ognuna di quelle tane dove mancano l'aria e la luce, e dove il popolo vive come se non fossero uomini, ma credimi se ti dico che non pratico nessuna fede, se non quella in Nostro Signore..." Si affrettò a cambiare discorso: "Insomma, quali sarebbero i 'fatti inauditissimi' di cui scrivevi nel biglietto? A proposito, se mio marito lo avesse letto, adesso staresti piangendo lacrime amare...".

"Sempre a vantarti della virilità di quel bellimbusto di Scarfoglio! Accidenti, Matildella! Ma se lo sanno tutti che sei tu a tenere in piedi il giornale, mentre lui se ne va in giro a fare il marinaretto sul vostro yacht!" Montanari pareva scandalizzato.

Il garzone posò la caraffa di vino bianco sul tavolo.

"E le pizze dove stanno?" si spazientì Matilde non vedendole arrivare.

"Un minuto e arrivano, signò."

"In questa città, non si è mai capito perché, le comande dei garzoni fanno viaggi incredibili, lunghissimi, transoceanici!"

"Signò, ma che vulite?"
Il garzone le fece una smorfia e se ne andò.
Montanari riempì due bicchieri di vino fino all'orlo.
"Prima di tutto, avrei bisogno di risolvere una questione riguardante la linea editoriale del tuo giornale," riprese lui. "Dopodiché, deciderò se rivelarti o meno la ragione per cui ti ho chiesto di incontrarci."
"Prego. Sono a tua disposizione."
"Allora..." Carlo vuotò il bicchiere d'un fiato. "Entrambi sappiamo che Scarfoglio ti ha convinta a gettare ogni risparmio nella sua impresa per una ragione ben più complicata di quella che si dice in giro."
"E che si dice in giro?"
"Che il tuo bellimbusto volesse fare uno sgarro a quel cane di Schilizzi, il vostro vecchio editore al 'Corriere di Napoli'."
"Lo vedi che non sei così lontano dalle convinzioni di mio marito? Con Scarfoglio condividi persino quell'aggettivo un poco canino indirizzato a Schilizzi."
"Non certo per il fatto di essere un capitalista!" rispose baldanzoso Montanari. "A ogni buon conto, la decisione di fondare 'Il Mattino', di cui tu sei la foglia di fico con i 'Mosconi' e i romanzetti d'appendice, ha il preciso scopo politico di appoggiare quel furbone piemontese di Giolitti, e dunque di farsi finanziare da lui. Non è un mistero che don Edoardo sia intimo dei suoi uomini quaggiù, Salandra e Senise innanzitutto..."
"Appunto, non è un mistero. La nostra linea editoriale è ispirata ai princìpi del liberalismo e del cattolicesimo. Il presidente del Consiglio vuol costruire un'Italia moderna, almeno così sembra. I miei 'Mosconi', gli articoli di costume che tanto disprezzi, raccontano la vita e le usanze delle nuove classi sociali, narrano la modernità..."
Per un puro caso, replicò Montanari, la modernità appoggiata da "Il Mattino" era in opposizione a un'altra mo-

dernità all'opera in città, quella degli speculatori che volevano cacciare il popolo dalle loro case e sventrare Napoli. La ragione di tale comunanza di intenti tra il giornale e la povera gente, secondo il *camarade*, andava rintracciata non tanto in un improvviso ravvedimento morale e politico di Scarfoglio, bensì nella sua necessità di mostrarsi il campione dei piccoli proprietari e dei nuovi borghesucci, perlopiù cattolici, agli occhi della curia. Insomma, don Edoardo si era inginocchiato ai preti.

"Carlo, tu e i tuoi *camarades* del Fascio operaio avete fatto eleggere due dei vostri in parlamento," gli rispose Matilde. "Sapete bene che la politica è l'arte delle alleanze. Quindi, non venire a farmi la morale. In sincerità, trovo ridicola la vostra idea di purezza, anzi, a me la purezza dà il voltastomaco! Voi socialisti vi indignate per ogni cosa, eppure in politica l'indignazione morale non serve a niente, l'unico grave peccato è quello di essere sconfitti."

"Sono d'accordo!" alzò la voce Montanari, guardandosi attorno nella sala vuota. "Ed è per questo che ci stiamo incontrando stasera." Si sporse in avanti mormorando: "Per stringere un'alleanza politico-giornalistica...".

Matilde sobbalzò sulla sedia, il suo naso da segugio la stava avvertendo di qualcosa. Di lì a un attimo il garzone riemerse dalla scala di legno con le pizze fumanti.

"Assafà!" allargò le braccia lei. "Dunque, il granaio dove acquistare la farina per l'impasto era aperto?"

Il ragazzo servì i piatti e se andò senza fiatare. Non prima, però, di risponderle con una linguaccia.

"Scostumato, vattenne!" disse Matilde, poi chiuse le palpebre e inspirò gli effluvi della pizza. Per un attimo dimenticò il lerciume da cui era circondata, i litigi con Scarfoglio, le dicerie dei socialisti sul suo conto. Si sentì in paradiso. No, pensò, non sarò mai magra come le donne dei romanzi, non mi avvelenerò per amore e mi consolerò con questo bendidio!

"Prego, Carlo. Parla pure," riaprì infine gli occhi. "Intanto mangio, ho una fame da crepare."

Montanari si riassestò sulla sedia. "Ascoltami bene, Matildella. Tu sai del progetto in discussione al Consiglio comunale sul rinnovo della Convenzione per Napoli e sui finanziamenti della Legge Speciale, non è vero?"

Matilde, con la testa nella casseruola di rame e masticando un grosso pezzo di pizza, annuì.

"Quindi saprai che tutto il marcio che denunciasti nel tuo libro dopo l'epidemia di colera, per cui Annarella ti guidò nel ventre della città fino a poco prima di morire, non ha mai smesso di voler fare un sol boccone dei napoletani, soprattutto di quelli poveri..." Montanari si tastò di nuovo la cordicella che portava al collo. "Hai per caso notato nelle ultime settimane quante imprese edili sono sorte a Napoli e per i suoi trentasei casali? Non può essere un caso. I costruttori si aspettano un tornaconto, sanno che il voto è scontato e presto si inizierà a organizzare, disporre, appaltare. Una vergognosa speculazione dilagherà in città se troverà consenso e complicità tra gli uomini seduti in Consiglio comunale!"

Matilde si pulì il mento sporco d'olio con una mano. "Andiamo al sodo. In che cosa consiste l'alleanza politico-giornalistica che sei venuto a propormi?"

Il sodo, rispose Carlo infervorandosi, era rappresentato dal fatto che le luride manacce degli imprenditori che stavano distribuendo mazzette e prebende ai consiglieri comunali per spingerli a votare il rinnovo della Convenzione avevano lasciato in giro tracce più limpide del sole di Mergellina a Ferragosto. Volendo, avrebbe potuto mettere quelle tracce a disposizione di qualche cronista di buona volontà e far uscire ogni cosa allo scoperto. "Tracce concrete, prove evidenti che inchioderebbero il principale corruttore alle sue responsabilità!"

"Ne sei sicuro?"

Una notizia. Ecco perché Montanari aveva voluto incontrarla dopo tutto quel tempo. Oltre a mangiare la pizza e i dolci, annaffiare le piante e giocare con i figli, scovarne era ciò per cui a Matilde piaceva vivere.

Carlo aveva chiuso a portafogli la pizza ormai fredda. "Sei pronta a far scoppiare il più grande scandalo da quando esiste il Regno d'Italia? Matildella, te la senti di dare ascolto a un socialista? O ti piegherai a Scarfoglio e continuerai a scrivere soltanto 'Mosconi' per ammansire il popolo?"

Matilde si pulì gli angoli della bocca con il fazzoletto. "Sono una giornalista," disse. "Il mio mestiere è raccontare la verità, anche se a sostenerla è un socialista."

## *Sei*

Uscì dalla pizzeria e si incamminò lungo via Chiaia: aveva cambiato idea, non voleva tornare a piedi.

A quell'ora della notte, le uniche carrozze disponibili si aggiravano fuori dal San Carlo. Le quattro luminarie da millequattrocento lampade ciascuna che illuminavano il porticato del teatro erano ancora accese, mentre il pubblico si era disperso in fretta dopo la replica de *L'amico Fritz*.

Matilde temeva di incappare in qualche galletto aristocratico attardatosi in zona a caccia di avventure e pettegolezzi, ma aveva troppo male ai piedi. C'era una stretta relazione, rifletteva, tra la foggia dei pantaloons di Gutteridge dei ricchi napoletani e la loro propensione alla maldicenza. Più indossavano abiti preziosi, più i loro commenti erano affilati. E i maschi più delle femmine! Chissà che cosa avrebbero pensato vedendola aggirarsi per strada da sola, in piena notte, lontana da casa.

Con passo claudicante si avvicinò al San Carlo. A mezzanotte era tutto finito, persino il tanfo di pesce marcio e acque luride proveniente dal rione Bellezza veniva sospinto al largo da una fresca brezza notturna. Ciò che però il venticello di maggio non riusciva a scacciare erano i pensieri che sobbalzavano nella mente di Matilde come caldarroste sul carretto di un ambulante.

Se il *camarade* Montanari avesse avuto ragione? Se lei non fosse stata più la spavalda scrittrice di un tempo?

Erano passati molti anni dalla pubblicazione di quel libro che le aveva dato la fama. L'Italia intera si era fermata a discutere il problema di Napoli e del suo ventre, al punto che il re in persona, insieme al presidente del Consiglio, era giunto in città per rendersi conto della drammatica situazione dopo l'epidemia di colera e aveva spinto il governo ad agire per risanare la città e salvare i napoletani. Per farlo, però, era stato necessario approvare una legge: la Legge Speciale aveva trovato i finanziamenti e i finanziamenti avevano calamitato, come una cassa piena di pesce fresco attirava i gabbiani di Santa Lucia, imprenditori famelici, banchieri aguzzini e costruttori stranieri che col risanamento intendevano abbuffarsi fino a scoppiare. Per farsi "ciotti ciotti", avrebbe detto Arturo.

All'improvviso la luce s'era accesa sulla città, ma senza rischiararla come una cosa bella e definita, bensì colpendola come una fosforescenza che abbagliava. Energia elettrica, fogne, tramvie, funicolari, case, strade. Alla fine di quella santa opera di redenzione, Napoli era stata sventrata, ma i napoletani erano rimasti nelle stesse condizioni di prima, trascinandosi in quell'agglomerato di vie fetide in cui l'abiezione diventa così profonda, così miseranda, e la natura umana si degrada talmente che salgono alla faccia le fiamme della vergogna.

E il suo giornale come reagiva a tutto ciò?

Perché Scarfoglio pretendeva da lei che si occupasse soprattutto dei resoconti alle chiassose feste nei café chantant, dei nobili eleganti che affollavano il loggione del San Carlo o i palchi al Mercadante e che sciamavano con la bombetta e l'orologio da taschino in Galleria Umberto I? Perché suo marito le opponeva sempre un diniego quando lei proponeva di raccontare ai lettori le conseguenze del lotto sulla povera gente, dei camorristi che insanguinavano i vicoli, delle misere paghe dei calzolai, delle prostitute costrette ad abortire? Da quando i napoletani erano diventati così chic da non voler scrutare negli abissi di quell'altra Napoli che si muoveva nel buio e non aveva voce?

"Matildella, perché non lasci che i tuoi 'Mosconi' volino leggiadri negli occhi e nel cuore dei nuovi borghesi?" le diceva pieno di sicumera don Edoardo, mentre leggeva svogliato l'odiato Balzac e lei si occupava delle piante nella serra di Palazzo Ciccarelli di Cesavolpe. "La gente ama Gibus, non la Serao," continuava lui. "Della Serao sanno solo che è la moglie di Scarfoglio."

Gibus, lo pseudonimo di Matilde dai tempi del "Capitan Fracassa", già da un po' sulle labbra di suo marito suonava come un insulto. Nascondersi dietro uno dei nomignoli che ogni tanto si attribuiva la faceva sentire protetta, meno esposta alle critiche e ai pregiudizi.

Forse Montanari non diceva il falso sostenendo che, col rinnovo della Convenzione per Napoli in Consiglio comunale, la città sarebbe finita nelle mani avide dei costruttori che ne avrebbero fatto un sol boccone. Sì, doveva parlarne con Scarfoglio, convincerlo a schierarsi. Anche se preferiva Gibus alla Serao, lui aveva a cuore l'interesse dei napoletani, dei piccoli proprietari, la curia avrebbe sostenuto la linea del giornale. E suo marito all'opinione dei pretucoli ci teneva almeno quanto a quella di Giolitti.

Nel punto in cui via Chiaia sfociava in piazza del Plebiscito, Matilde ebbe la netta sensazione di essere seguita. Ma non si voltò. Ne aveva macinate di notizie in cui la vittima di una rapina, per accertarsi di una presenza alle spalle, si era poi trasformata in un cadavere con la faccia in qualche fangoso ruscelletto nero.

Matilde accelerò il passo, lanciando un'occhiata agli uomini che dormivano sotto il porticato di San Francesco di Paola col capo appoggiato alle basi delle colonne; si tranquillizzò all'idea che dietro di lei ci fosse soltanto una di quelle anime povere e infelici che vi albergava di notte in cerca dell'obolo.

D'altro canto, si disse riannodando il filo delle sue riflessioni, se l'indomani avesse accettato la proposta di recarsi all'appuntamento e diventare testimone del misfatto che avrebbe "sconvolto Napoli dalle fondamenta", con tanto di "prove schiaccianti da pubblicare sul giornale", non lo avrebbe fatto per Montanari né per gli altri operai, e tantomeno per la causa socialista, ma solo per Annarella.

"Domani a mezzanotte," le aveva detto Carlo dopo aver mandato giù l'ultimo pezzo di pizza, "mio figlio Emiliano passerà a prenderti con una carrozza sotto l'arco di Sant'Eligio. Lo riconoscerai, ha gli occhi celesti di sua madre."

Gli occhi celesti di Annarella.

Era stata lei ad accompagnare Matilde nel ventre della città all'epoca in cui stava scrivendo il libro, lei a farle aprire le porte dei bassi in cui la signora Serao, elegante e dalle mani delicate, non avrebbe avuto accesso. Era stata Annarella a introdurla in quelle piccole stanze dove non vivevano agglomerate mai meno di quattro persone, dove vi erano galline e piccioni, gatti sfiancati e cani rognosi, case in cui si cucina in uno stambugio, si mangia e si muore nella stanza da letto, dove altri dormono e mangiano. Era stata sempre lei, Annarella, a condurla tra gli edifici cadenti nei vicoli della città mai toccata dalla mano del risanamento, dove al primo piano c'era un'agenzia di pegni, al secondo si fittavano camere a studenti, al terzo si fabbricavano i fuochi artificiali.

Dopo la pubblicazione, Matilde era tornata a Roma. Aveva trovato un impiego nella redazione del "Capitan Fracassa" dove avrebbe conosciuto Scarfoglio, mentre Annarella e Carlo erano rimasti intrappolati nel ventre a crescere Emiliano, il ragazzo dagli occhi celesti.

"Quegli occhi," aveva concluso Carlo, "sono l'unico ricordo che mi resta di Annarella, oltre a quello che porto al collo..."

Di nuovo aveva tirato fuori la cordicella e finalmente Matilde, da miope di lungo corso che aveva dimenticato le lenti in qualsiasi bottega, osteria o sala teatrale, dal Museo Nazionale al Plebiscito, l'aveva riconosciuta. Si trattava di un cordino di cuoio che durante l'epidemia aveva regalato alla sua amica per un paio di lenti di cui avrebbe avuto bisogno, ma verso le quali Annarella nutriva un profondo scetticismo. "A che cosa mi serve vedere meglio, se intorno a me ci sono solo miseria, fame e disperazione? E poi non posso permettermele."

Matilde riconosceva le radici di quell'atteggiamento con la stessa facilità con cui avrebbe scoperto una marachella di Totino: le donne povere come Annarella, cresciute nella devozione perpetua ai bisogni degli altri, non accettavano di aver bisogno di qualcosa per se stesse. Tuttavia, la sua amica aveva conservato la cordicella e vi aveva fatto incidere la frase *Non ti scordar di me* per regalarla al marito prima di morire di povertà in un basso ai Ventaglieri.

"Gli speculatori che si stanno mangiando la città hanno le ore contate," aveva sussurrato Montanari a Matilde al momento dei saluti. Dopodiché, regolati quei conti, avrebbe venduto il basso e sarebbe salito insieme a Emiliano sulla prima nave pronta a salpare per l'America dal molo San Vincenzo.

"Li svergogneremo sulla pubblica piazza, e a quel punto il governo non potrà più fingere. Fermeremo la Convenzione, fermeremo la deportazione del popolo!" aveva concluso. "L'unica preghiera è di non parlarne in giro. Non mi fido di nessuno, Matildella, nemmeno dei miei compagni del Fascio. Ricorda gli occhi celesti di Emiliano. Li riconoscerai al buio quando arriverai sotto l'arco di Sant'Eligio!"

Così si erano separati e Matilde si era incamminata lungo via Chiaia, sconvolta da quei pensieri, dal ricordo della sua amica, dal senso di colpa per non aver fatto abbastanza per lei, dal timore per la censura che si sarebbe abbattuta sul giornale una volta portato alla luce un simile scandalo.

Ma quale scandalo? Questo Matilde ancora non lo sapeva. Per capirlo doveva, come le aveva insegnato il maestro Gandolin, vedere con i propri occhi, tastare di persona la realtà dei fatti e dei misfatti.

Da lontano si avvicinò la sagoma traballante di una carrozza: "Altolà!" gridò lei imperiosa. "Fermati, guagliò!"

Il cocchiere frenò, azionando la chiave nella scanalatura nel mezzo del barile della ruota posteriore, e Matilde si sistemò la veste per prendere posto. In quel momento, si sentì tirare per la goletta. "Donna Matilde! Fermatevi!"

Lei, infastidita, si girò e con grande stupore riconobbe Baldassarre Pietrocola, l'aria patibolare di chi ha un enorme peso sul cuore.

"E tu che ci fai qua?" gli chiese Matilde. "Si è inceppata un'altra volta la Marinoni? Il fornitore dei cliché ha mandato i suoi sgherri in tipografia per il pagamento?"

"No, no. Al giornale è tutto a posto."

Sembrava che Baldassarre volesse dirle qualcosa di importante senza trovarne il coraggio.

"Allora che è stato, Baldassà? Muoviti, me ne voglio tornare a casa. Totino teneva un poco di febbre oggi pomeriggio."

"Signora..."

"Baldassà..."

"Signora..."

"Baldassà, ti vuoi spicciare?"

Matilde indicò il cocchiere, che assisteva alla scena in silenzio. "Questo buon uomo e io non avevamo in programma di passare la notte all'addiaccio, aspettando che ti decidessi a parlare."

"Mi servono con urgenza trentasei lire," sentenziò Baldassarre in tono grave.

"Trentasei?"

"Voi lo sapete, ormai il proto sono io. Forse il povero Federico Lunigiani non si riprenderà mai più da quella brutta infezione alle viscere."

"Embè? Non potevi aspettare di chiedermelo domani in redazione?"

"Sì, certo, ma capite... l'ansia del debito. Devo spignorare l'abito nuziale di mia moglie da donna Gabriella."

Matilde sospirò e fece segno al cocchiere di pazientare ancora un attimo.

"Baldassà..."

"Signora..."

"Dimmi una cosa: come facevi a sapere dove mi trovavo? Chi te lo ha detto?"

Per la prima volta, il viceproto alzò lo sguardo. "E chi secondo voi? Quel lazzarone di Arturo!" rispose, contento di poter dirottare su qualcun altro le ire di donna Matilde. "D'altronde, si sa: i palafrenieri sono li cristijane più pettegoli del mondo..."

"Ma tu guarda a questo!" si affrettò a replicare il cocchiere. "Sto aspettando da cinque minuti per colpa sua e mi insulta pure!"

Matilde scoppiò a ridere. L'eco della risata colpì il porticato del Teatro San Carlo e tornò indietro nella piazza. 'A signora raccolse l'orlo della veste per salire in carrozza. "Per quanto riguarda le trentasei lire, stai tranquillo: domani sera, finito di stampare il giornale, tu mi porti la copia staffetta e io ti do i soldi," disse al tipografo. "Buonanotte, Baldassà." Si rivolse al cocchiere: "Palazzo Ciccarelli di Cesavolpe. Fate più in fretta che potete, buon uomo. Totino mio tiene ancora un po' di decimi...".

"Subito, signora bella!"

Il cocchiere ordinò al cavalluccio di muoversi.

Mentre la carrozza prendeva le mosse, Baldassarre Pietrocola da Francavilla, in Abruzzo, capitano della tipografia ormeggiata in vico rotto San Carlo 7, pensò che finalmente quella notte avrebbe chiuso occhio, cullato dall'idea delle trentasei lire che lo attendevano nell'ufficio di donna Matilde.

Non avrebbe mai immaginato che la sera successiva 'a signora si sarebbe dileguata dalla redazione prima del solito, muovendosi piano per non farsi sentire, senza nemmeno sfogliare la copia staffetta del giornale, svanendo di colpo per andare chissà dove. Né che il giorno dopo ancora un drappo nero sarebbe calato su Napoli per via di quel cadavere ritrovato sventrato in mezzo alla strada.

Nei giorni successivi al ritrovamento...

# 4.
# La realtà non esiste finché qualcuno non la scrive

## *Sette*

Maggio, il più crudele dei mesi.

Illudeva e disilludeva, riscaldava e raggelava, a seconda dell'umore, così quel giorno scrosci di pioggia gelida cadevano a intervalli, alternando un poderoso patapà a un più morbido schizzechea, dalle burrascose nuvole nere.

Matilde percorse l'ultimo tratto di via dell'Anticaglia verso la morgue degli Incurabili – che Arturo il cocchiere chiamava la "morgana" – sotto l'ombrello del fidato Scalinger. Aveva le ghette tutte sporche, mentre il caporedattore cercava di proteggerla dalle avversità: vento di tempesta a turbini, aria oscura, lastrico fangoso, un senso di oppressione dappertutto... La vera cuccagna per lo spasimante segreto che brama di star sempre più vicino all'amata.

Tuttavia, purtroppo per Scalinger, 'a signora non sembrava aver bisogno di sostegno nemmeno in quel giorno triste.

"Buonasera, donna Matilde," disse il professor Bellini levandosi il cappello. Era il medico forense incaricato dell'esame post mortem sulla salma di Montanari. "Buonasera, Scalinger."

La stretta di mano tra Bellini e il caporedattore fu appena un po' più lunga del normale. L'uomo accennò un sorriso. "È tutto un pigia pigia, lì dentro."

“Chissà perché,” replicò lei, “i napoletani preferiscono trasferirsi nell’aldilà appena gli è possibile.”

“Forse c’è più spazio, stanno meglio.”

“Non fatelo sapere ai nostri governanti. Pur di *risanare* la città a modo loro, potrebbero spedirci tutti al creatore.”

“Non credo arrivino a tanta arguzia. E poi, dal mio punto di vista scientifico, Napoli è insanabile...” Il professore indicò il corridoio buio che si apriva all’ingresso dell’obitorio. “Prego, prima le signore.”

Superarono l’uscio dell’edificio cinquecentesco, su cui sventolava il tricolore: al pianterreno, in fondo al corridoio, vi era la sala di esposizione dei cadaveri. Entrarono in ordine: Matilde, Scalinger e il medico forense. Quest’ultimo aveva tra le mani un biglietto di Stato dal valore di cinque lire con i mustacchietti neri di re Umberto stampati sopra, che Giulietto gli aveva passato con destrezza – “aumm aumm” avrebbe detto Arturo – all’atto di stringergli la mano.

Le mazzette agli ufficiali regi, le aveva spiegato una volta il vecchio Gandolin, erano uno strumento di lavoro del cronista come la macchina da scrivere e l’inchiostro. “Un re Umberto di qua, un re Umberto di là,” aveva detto una volta il maestro, “e la notizia è già un fatto!”

Nella sala una grande vetrina schermava la fila delle barelle a ruote, in ferro e senza materasso, su cui erano deposti quattro cadaveri. Due tende lasciavano intravedere le salme; una balaustra consentiva di appoggiarsi per osservare.

Matilde fissò il corpo del *camarade* Montanari. Avvolto in una veste nera, compostissimo. Era meno imperioso di quanto le era sembrato durante il loro ultimo incontro. Un cerchio di ferro posto sotto la nuca gli teneva il capo sollevato e ne rendeva visibili i tratti anche a distanza.

“Ha un bel colorito,” disse Matilde commuovendosi.

Il professor Bellini tossì. “Gli abbiamo già fatto due iniezioni," disse. "Tra meno di una settimana, dovremmo avere il via libera al seppellimento."

Matilde afferrò la cartelletta appesa a un piolo vicino alla ringhiera, in corrispondenza del cadavere, e diede una spulciata al verbale di ritrovamento stilato dall'appuntato di Pubblica Sicurezza accorso sul luogo: "*...quindi le Guardie di P.S. Ferrara e De Stasio e la guardia municipale Iacona le quali trovarono il corpo del Montanari sul selciato, già chiari i segnali di rigor mortis. Gli agenti furono pronti a ricoprire quella salma infelice dagli occhi delle pettegole e dei fanciulli che già riempivano la strada per vedere...*".

Lesse veloce le pagine seguenti, fino alla perizia del medico: "*...La cute è di color bruno, scarsissimo il pannicolo adiposo, musculatura esilissima nelle braccia. Lieve lordosi della colonna vertebrale verso la 5a, 6a e 7a vertebra dorsale. La scapola sinistra è più alta della destra: così la clavicola e la papilla mammaria di quel lato: apofisi xifoide rientrante. La parte anteriore di ambedue le seconde coste si presenta bruscamente sporgente in avanti, quasi da formare un petto carenato. Pertanto, come ci è dimostrato anche dal peso del corpo, abbiamo a che fare con individuo già emaciato, debole e sofferente, facile per mani forzute ad essere attinto con arma da taglio in grado di effettuare una dissecazione del busto dall'osso ioide fino all'inguine. Alcune ferite sul capo e sul dorso sono segni di colluttazione o traumi...*".

Chiuse la cartelletta, poi si asciugò le lacrime e si girò verso il medico forense. "Le ferite di cui parlate significano che il Montanari ha lottato? Voglio dire: prima di essere..."

"Non ne sono sicuro, dall'esame non è stato possibile stabilirlo con certezza," rispose il professor Bellini. "Potrebbe aver lottato, oppure l'assassino potrebbe averlo sbattuto a terra dopo averlo ucciso..."

"Perché avrebbe dovuto?"

"Non lo so, è solo una possibilità."

Matilde riattaccò la cartelletta al piolo. "Potrei vederlo? Da vicino, intendo."

"Non sarebbe consentito."

"Non sarebbe o non lo è?"

Ci fu un attimo di silenzio. Una pausa necessaria alla presa di consapevolezza di Scalinger: a un cenno minimo del capo di Matilde, infilò una mano in tasca e ne tirò fuori un altro re Umberto, che depose nelle mani del professore.

"Adesso, per favore: lasciateci soli," disse 'a signora. "Solo due minuti."

Il caporedattore e il professore uscirono. Un inserviente della cui presenza fino a quel momento non si era accorta, ma che con ogni evidenza era rimasto lì tutto il tempo, aprì una porticina e per un attimo scomparve prima di riapparire dietro il cristallo e con un gesto rapido togliere la veste nera dal cadavere di Montanari.

Matilde chiuse gli occhi.

Quando li riaprì, si accorse con stupore che la salma di Carlo era stata ricomposta. Ricucita.

La linea del taglio che gli attraversava l'addome era rosa, perfetta, l'opera d'arte di un sarto ingegnoso e accurato, ma a ben vedere quella riga maestosa mostrava delle imperfezioni che facevano dubitare della maestria di chi aveva rammendato il corpo: qua e là, ai margini, apparivano dei puntini bluastri e delle macchie di sangue rappreso.

Un uomo era morto, tagliato in due come il ventre di Napoli dal Rettifilo, che il governo aveva voluto per risanare la città dopo l'epidemia di colera del 1884. Eppure, come il medico che si era occupato di dissezionare il cadavere di Montanari dimostrava con quelle maldestre incisioni, la città non si era lasciata salvare.

Catapecchie e tuguri erano ancora intatti, così la fame e la disperazione. I suoi tessuti di rivestimento erano stati appena scalfiti dalla strumentazione medica del governo, gli organi non erano stati nemmeno toccati, quindi studiarne la forma e i rapporti si era rivelato impossibile. Bastava posare l'occhio per rendersi conto delle brutture che non erano state cancellate soltanto perché qualcuno aveva desiderato guarirle.

È questo il progresso, si chiese Matilde, è questa l'Italia unita? Fingere che le cose vadano bene per tutti quando in realtà vanno bene solo per pochi? Che la luce cada sulla città alla stessa maniera, dai giardini di Posillipo alle saittelle della Vicaria? La Belle Époque era una grande recita in cui il governo interpretava la parte dei salvatori e i napoletani quella dei salvati. Carlo Montanari era stato uno sciocco, un illuso, un "socialistoide", un miserabile: lo sventramento era ciò che, agli occhi della Storia, meritavano quelli come lui.

Quando uscirono dalla morgue, Scalinger scoprì con grande delusione che aveva smesso di piovere. Maggio era il più crudele dei mesi.

Sull'uscio li aspettava Arturo, che era riuscito ad avvicinarsi con il morellino, nonostante la strada infangata, per accompagnarli al giornale.

"Tutto bene alla morgana, donna Matilde?" chiese il cocchiere aiutandola a salire.

"Con i morti va sempre tutto bene, Artù," rispose lei. "Sono i vivi a nun tené crianza."

## *Otto*

C'è una cosa che Matilde sa fare bene: scrivere.

Scrivere non per farsi leggere, tradurre, ascoltare, farsi amare da un vasto pubblico e dalla ristretta cerchia dei letterati. Entrare in connessione con gli altri è importante, chi lo negherebbe, ma per Matilde c'è di più. Non è una questione di scrivere per sé o per i lettori, e non si tratta nemmeno della perenne disputa tra scrittura diurna e notturna, tra letteratura e giornalismo, belle lettere e parole alla portata di tutti.

È una questione più profonda, che sin da quando Matilde era ragazza ha a che fare con l'atto stesso della scrittura, con i meccanismi profondi e imperscrutabili del suo animo, messi in moto dalle dita sull'Olympia che anni prima le era stata regalata da suo padre, don Ciccio Serao.

"Dove finiscono le mie dita, inizia una macchina da scrivere," aveva detto in tono vezzoso a Edoardo, durante il loro primo incontro nella redazione del "Capitan Fracassa".

"Ma la letteratura non è solo un fatto di dita che battono sui tasti," aveva risposto lui.

"Invece sì," aveva replicato lei.

Su quel punto, come su tanti altri, nonostante il fidanzamento, il matrimonio e quattro figli, non si erano mai intesi: per Matilde scrivere era capire. E capire poteva avvenire soltanto in un modo: scrivendo. Azionando le dita, battendo una lettera dopo l'altra senza pensare a nient'altro che alla prossima parola, senza pensare allo stile, alla storia, alla prosa, a Edoardo, al giudizio del pubblico o a quello dei critici, senza pensare alla *vera letteratura* che rende immortali. Negli anni ne aveva visti di celeberrimi scrittori scomparsi come acqua lurida nel rivolo del Lavinaio insieme ai loro manoscritti colti e aulici ma senz'anima.

A Matilde non importava il bello stile. Scrivere era accendere la luce, mettere a fuoco. Ed era una cosa che lei sapeva fare bene.

Al giornale la chiamavano "focalizzazione".

Quando doveva lavorare a qualcosa di importante, un articolo o un racconto in cui mettere insieme i pezzi di una storia come in un rompicapo e trovarne la soluzione, 'a signora si chiudeva in ufficio, pretendendo silenzio assoluto dai colleghi.

A quel punto, rimasta sola, toglieva le lenti e fissava la macchina da scrivere in una specie di trance, cercando di annodare i pensieri uno dopo l'altro, sistemandoli con i lacci della mente attorno al nucleo compatto di un'ipotesi, provando e sbagliando, sbagliando e provando, finché le idee si incastravano, anzi, si fondevano l'una nell'altra, e allora le parole venivano da sole.

Così iniziava a scrivere.

Il rumore dei tasti riecheggiava nella stanza, prima lento e poi veloce, in modo che, una parola dopo l'altra, una frase dopo l'altra, le lettere si imprimevano sulla pagina e quest'ultima, una riga dopo l'altra, si avvolgeva attorno al rullo sino alla fine.

Solo allora, mentre la forza primitiva che l'aveva posseduta fino a quel momento scemava, Matilde strappava il foglio dall'Olympia e rileggeva soddisfatta, uscendo dallo stato di trance: finalmente capiva cosa aveva scritto, perché lo aveva scritto e, infine, il senso ultimo del fenomeno che l'aveva spinta a indagare si metteva a fuoco.

Eppure, stavolta non ci riusciva.

Troppe questioni rendevano la morte di Montanari un enigma impossibile da decifrare: Matilde fissava l'Olympia senza riuscire a mettere insieme i pezzi.

Da un lato c'era il cadavere sventrato, "tagliato dal collo all'inguine", come aveva riferito il capitano Barbatello e come recitava la perizia del medico forense; dall'altro, il mancato appuntamento con Emiliano, svanito nel nulla.

Adesso bisognava fare i conti anche con un'altra notizia.

Dopo la visita alla sala mortuaria, Scalinger aveva appreso da una fonte interna ai carabinieri della pista su cui stavano lavorando gli uomini del capitano, secondo i quali il movente del delitto sarebbe stato da rinvenire nei contrasti che Montanari avrebbe avuto con la Società per il Risanamento. Secondo la fonte alla caserma Pastrengo, alcuni burocrati avrebbero voluto espropriare il basso in cui abitava Montanari ai Ventaglieri e far passare di là una moderna strada per ricongiungere quel budello di viuzze alle spalle della Pignasecca con il rione Montesanto e poi via Roma.

Perché mai, si chiedeva Matilde, un impiegato della Società per il Risanamento avrebbe dovuto commettere un assassinio quando aveva la legge dalla sua parte e avrebbe potuto realizzare l'esproprio nei modi e nei tempi da essa previsti? C'era poi un altro fatto che rendeva improbabile quell'ipotesi di movente: durante la cena da Pietro il pizzaiolo, Montanari le aveva riferito che, dopo aver fatto scoppiare lo scandalo sul giornale, avrebbe venduto il basso e sarebbe partito per l'America, così da ricominciare una nuova vita con suo figlio lontano dalla città maledetta. Perché mai avrebbe dovuto lottare fino alla morte per una casa che stava per lasciare?

La macchina da scrivere giaceva inerte sotto le mani di Matilde, nel silenzio mortificante dell'ufficio.

"Con tutto il rispetto per la tua fonte, Giulietto," aveva detto lei al caporedattore. "La tesi dei carabinieri mi sembra poco credibile. Questa indagine è una scemità."

"Parlandovi con rispetto anch'io, donna Matilde," le aveva risposto Scalinger, "ho la sensazione che il capitano stia nascondendo le sue carte. Barbatello è una carogna, ma non è uno scimunito. Quando si tratta di indagare, in tutto il Regno non ce ne saranno più di due, al massimo tre, bravi come lui..."

Troppi dettagli, secondo Matilde, non combaciavano. Il rompicapo, ammesso che qualcuno l'avesse progettato con un disegno complessivo, aveva dei pezzi che non si incastravano con nessun altro.

Doveva trovare Emiliano, pensò inforcando le lenti, non avrebbe focalizzato un bel niente se non avesse prima affrontato il figlio di Montanari: era lui il pezzo mancante.

Mandò a chiamare il cocchiere. Appena mise piede sulla carrozza, facendola oscillare, il morellino emise un nitrito sofferente.

"Dove andiamo di bello, donna Matilde?" chiese Arturo. Si infilò la coppola. I capelli, dopo la disinfestazione dai pidocchi, avevano ricominciato a crescere.

"Ai Ventaglieri. Più in fretta che puoi."

"Iammuncenne, allora!"

La carrozza sgusciò nella folla, tra i banchi dei venditori di via Roma e le caldaie di patate, polpi e spighe bollite, caldaie ovunque, dalla Carità alla Pignasecca. Dalla strada si alzava un odore acre di cucinato e cibo guasto tra cui volteggiavano le grida delle venditrici, che sembravano orgogliose di proporre la loro merce avvolta dal fetore.

Superato quel budello, il morellino svoltò per una stradina buia. Il cocchio procedeva a scossoni, alzando mulinelli di polvere. Da qualche tempo, il lastricato di pietre che ricopriva via dei Ventaglieri, troppo costoso secondo gli impiegati del Comune, era stato rimosso per fare spazio alla pavimentazione in macadam. Il risultato era stato due volte infelice: gli zoccoli dei cavalli si muovevano su una superficie sconnessa quanto quella del basolato, ma con l'inconveniente supplementare di produrre fango in inverno, che macchiava i vestiti e li rodeva, e polvere, più acre, quando le temperature salivano come negli ultimi giorni.

"Fermati, Artù!" gridò Matilde, appena vide affacciarsi la sagoma della chiesa di Sant'Antoniello del Sangue di Cristo.

"Sùbbeto!" rispose il cocchiere.

Il morellino frenò la sua corsa.

'A signora scese dal carroccio: "Aspettami qua. E non dare troppo nell'occhio," si raccomandò.

Arturo annuì. “Non vi preoccupate, mi metto dietro a quelle fronde ‘aumm aumm’...”

Dopo aver svoltato per vico Sottomonte e aver superato il portale di piperno della chiesa, Matilde si ritrovò davanti all’ingresso del basso dove Annarella aveva vissuto con Carlo ed Emiliano. Qui, anni prima, aveva trascorso le sue giornate al capezzale dell’amica.

“Matildella, le patate vanno passate nell’acqua e sale prima della pelatura,” le diceva Annarella dalla branda di legno marcio.

“Matildella, oggi è giovedì e il chianchiere espone il soffritto.” Oppure: “Matildella, il braciere va acceso dal basso, non dall’alto!”.

A causa dei reumi, Annarella era costretta a letto quasi tutto il giorno e la dirigeva nelle faccende domestiche a cui Matilde non era abituata. Per gran parte della gioventù e poi della vita adulta, fino a una precoce vecchiaia, la sua amica aveva lavorato a servizio presso le dimore dei napoletani benestanti con uno stipendio di dieci lire al mese, facendo ogni mattina due, tre, a volte anche quattro miglia di cammino da vico Sottomonte alla dimora dei padroni, scendendo le scale quaranta volte al giorno, cavando dal pozzo venti secchi di acqua, compiendo le fatiche più estenuanti, non mangiando per tutta la giornata e alla sera trascinandosi fino ai Ventaglieri come un’ombra affranta per preparare la cena a Emiliano e a Carlo.

A sua volta, quest’ultimo tornava a casa dopo quattordici ore di lavoro nel laboratorio ai Guantai, a cucire lembi di pelle sulle suole dure, a praticare fori sul bordo con il punteruolo, a passare la corda di cucitura: tutto per rendere le calzature più comode ai nobili e ai borghesi del Regno, che le avrebbero acquistate a cento volte la sua paga in qualche bottega della Galleria Vittorio Emanuele di Milano, tra una sosta al Caffè Campari o al Biffi.

Mentre i genitori lavoravano come bestie da soma, Emiliano cresceva, con le ossa di fuori e una fame così brutale da non saperle nemmeno dare un nome, aspettando tutto il giorno scalzo, bighellonando nel quartiere, al massimo rubando qualche frutto dagli agrumeti che ornavano i giardini della Pedamentina, la strada che dall'Olivella portava in cima alla collina del Vomero.

Davanti alla porta sprangata del basso di vico Sottomonte, Matilde pensò a ciò che non era riuscita a fare per Annarella. Pensò al modo in cui il tempo posa la polvere sopra le cose, le persone, gli affetti, i sentimenti, come fa la polvere di macadam sugli abiti freschi di tintoria. Pensò al ventre di Napoli, allo sventramento che quell'opera di redenzione aveva portato con sé, all'illusione del governo secondo cui rifare tre o quattro strade che attraversassero i quartieri popolari sarebbe bastato a cambiare il destino di una città in cui si sarebbe dovuto rifare tutto. Si sentì in colpa per aver lasciato che la sua carriera la allontanasse da Carlo, da Emiliano, dal ricordo della più cara amica che avesse avuto.

Il guaio con la polvere, pensò, non è il fatto di rovinare la *mise*, ma la maniera che ha di accumularsi poco alla volta e corrodere le fondamenta della nostra moralità fino a renderla irriconoscibile, trasformando lo scandaloso spettacolo dell'ingiustizia che va in scena sotto i nostri occhi da diecimila anni in qualcosa di normale, ovvio, giusto.

"A chi cercate?" mormorò una voce. "Non ci sta nessuno. Sono morti tutti."

Matilde si girò di scatto. Da una finestrella quasi invisibile lì accanto, a livello della strada e inglobata nel resto della costruzione, spuntò la testa di una donna stretta in uno scialle azzurro. Non ricordava di averla mai vista da quelle parti, forse era una delle tante rimaste vedove dopo l'epidemia di colera, che si muovevano da un capo all'altro della città in cerca di un ricovero abusivo. "Non ci sta nessuno," ripeté la donna. "Solo i morti trovate qua. A chi cercate?"

Matilde si aggiustò il cappello di feltro. "Non sto cercando i morti, ma i vivi."

L'altra scosse il capo. "Qua di vivo non ci sta nessuno," disse, e si ritirò di nuovo dentro.

"Aspettate un attimo!" la bloccò Matilde. "Sto cercando Emiliano, il figlio di Carlo e Annarella. Dove posso trovarlo?"

La donna si strinse nello scialle. "Lui..." balbettò. "Lui è vivo."

"Mi sapete dire dove sta?"

"Milio non abita più qua. Perché lo cercate? Si è messo in qualche guaio?"

"Avrebbe potuto?"

"Dipende."

"Dipende?"

"Da chi lo chiede."

"Scusatemi se non l'ho fatto prima. Mi presento: il mio nome è Matilde Serao."

Ricevette in risposta uno sguardo muto.

"Matilde Serao," ripeté 'a signora, che non era abituata a non essere riconosciuta. "Di mestiere faccio la giornalista."

"E da quando le donne fanno le giornaliste?" chiese perplessa l'altra.

"Non da molto, in effetti. In Italia saremo al massimo..." disse contando le dita di una mano, "...io!"

La donna alzò le spalle. "Non importa se siete una giornalista o un'impicciona. A me preme farvi sapere che in questo fondaco non si mangia da tre giorni. Quindi, come vi dicevo poc'anzi, dipende..."

A quel punto, Matilde capì.

Chiamò Arturo con un fischio e gli chiese di raggiungerla. Gli spiegò a voce alta, in modo che la donna con lo scialle azzurro ascoltasse, che dopo averla riaccompagnata in redazione bisognava far consegnare in vico Sottomonte entro l'ora di cena un bel pentolone di soffritto bollente dalla chianca di don Armando.

"Allora?" le chiese Matilde appena il ragazzo si fu allontanato. "Adesso siete disposta a parlarmi di Emiliano?"

L'altra si accostò al bordo della finestrella. "Anche se fate la giornalista, siete una brava femmina," attaccò. "Voi, a differenza di quei carabinieri che sono venuti l'altro giorno, non sembrate morta."

"Grazie," rispose Matilde, pensando che in effetti lo sguardo del capitano Barbatello aveva qualcosa di mortifero. "Quindi, sono venuti i carabinieri? Che cosa hanno fatto?"

"Hanno aperto la casa. Poi hanno messo tutto sottosopra e dopo dieci minuti se ne sono andati. Conoscevate Carlo? Non stava bene con la testa, ma era simpatico. Venite qua..." La donna le fece cenno di abbassarsi. "Adesso vi conto tutto il fatto di Milio."

"Emiliano."

"Milio, Emiliano, chiamatelo come volete. Tanto è sempre lo stesso guaglione che si è messo sulla cattiva strada..."

## *Dieci*

*...di provvedere alla sicurezza ed all'ordine pubblico, invigilare all'osservanza delle leggi e regolamenti, una vigilanza attiva non interrotta e l'azione repressiva costituiscono l'essenza del loro servizio per i carabinieri...*

Matilde stava leggendo, o almeno ci stava provando, il foglio sulla parete alle spalle di Federico Barbatello, seduto nel suo ufficio della caserma Pastrengo.

"Signora Scarfoglio, ritengo inappropriato il vostro interesse per questa indagine," affermò stizzito il capitano. "Se vostro marito non fosse tra le più eminenti personalità cittadine, ci sarebbe di che sospettare delle vostre intenzioni."

Ogni volta che qualcuno, in genere gli uomini, la chiamava con il cognome di suo marito veniva assalita da una rabbia che quasi sempre sfociava in un silenzio rassegnato. Come tutte le donne della sua epoca era stata allevata all'idea di dover rinunciare alla propria identità, eppure non riusciva a smettere di chiedersi: come facevano ogni giorno i milioni di donne che abitavano il Regno d'Italia, da nord a sud, ad abiurare il loro nome una volta sposate?

Matilde fissò di nuovo la parete alle spalle del capitano. "Credete davvero che una donna come me possa aver assassinato qualcuno?" chiese.

Aveva dimenticato le lenti, ma sforzandosi riuscì a notare, oltre ai fogli con il regolamento dell'Arma, le decorazioni ricevute, tra cui la medaglia d'argento al valor militare e il gagliardetto dei Corazzieri in cui il capitano aveva militato ai tempi dell'attentato Passannante.

C'erano, poi, alcuni ritagli di giornali che elogiavano l'eroe del Cavone e una fotografia in cui un giovane Federico posava accanto al re Umberto in persona. Le onorificenze non la impressionavano, era lì perché voleva capire cosa avesse di concreto tra le mani Barbatello, se davvero i carabinieri non stessero battendo nessun'altra pista oltre a quella che portava alla Società per il Risanamento.

Il capitano scoppiò in una risata sarcastica. "Non esageriamo! Se aveste visto anche voi il corpo dilaniato di quel 'socialistoide'," continuò con una sadica smorfia impressa sul volto, "vi sareste resa conto che nessuna donna, per quanto forzuta, avrebbe potuto compiere uno scempio simile. E forse nemmeno un uomo, da solo..."

A Matilde tornò in mente l'immagine della cucitura rosa sul ventre di Montanari e rabbrividì.

"No," concluse Barbatello. "Non siete un'assassina né siete

sospettata di esserlo. Tuttavia, dubito del fatto che mi abbiate detto tutto sul vostro incontro con Montanari, quella notte."

Ripensò alle informazioni che aveva nascosto al capitano e alle quali adesso avrebbe dovuto aggiungere quelle ricevute su Emiliano. Il ragazzo, a sentire la vicina di Montanari, si era messo in un brutto giro ed era diventato il guappo di un "tenitore" del gioco piccolo, come i napoletani chiamavano il lotto clandestino.

"Capitano, lo ribadisco: non c'è nulla che non vi abbia detto, di quanto successo quella sera."

"Sicura?"

Ripensò agli insegnamenti di Gandolin: "Il buon giornalista sa mentire quando deve mentire, il buon giornalista sa dire la verità quando deve dire la verità".

Matilde fece di sì col capo: "Sicura".

I tenitori erano uomini ricchi e temibili, che usavano le "mezzane", donne del popolo incaricate di raccogliere le giocate a due lire ciascuna, e avevano bisogno di uomini senza nulla da perdere per proteggere le loro fortune e sfuggire agli agguati che i poveracci della città tendevano loro in continuazione. Sia quando vincevano, perché pretendevano subito dal tenitore i soldi della pigliata, sia quando perdevano, perché volevano ritentare a credito. Perciò, dopo aver saputo del nuovo impiego di Emiliano, nel cuore di Matilde si era fatto strada, di nuovo, un brutto presentimento: il movente dell'assassinio di Carlo poteva essere collegato al lavoro di suo figlio. Il gioco piccolo affliggeva la città più del colera o della camorra, era la pestilenza da cui i napoletani non volevano guarire.

"Allora, se è lecito chiederlo, perché oggi siete venuta in caserma a parlarmi?" le domandò il capitano.

Matilde fece un colpo di tosse. "Le informazioni rinvenute dai nostri cronisti più abili," iniziò, "suggeriscono di non attenersi a una presunta disputa, ancorché da dimostrare, tra la vittima e qualche burocrate interessato alla sua abitazione..."

"Basta, signora Serao!" Barbatello diede una manata sulla scrivania. "Non accetterò ulteriori intrusioni in questa vicenda!" Con un gesto, indicò il regolamento affisso alle spalle. "Capisco che oggigiorno la stampa si illuda di essere tanto libera da poter indagare per conto proprio sui delitti, ma alla pubblica sicurezza ci pensiamo noi e il ministero della polizia..." Tornò calmo. "E poi, sia detto con rispetto, mi stupisco di voi. Siete una scrittrice di fama e conoscevate la vittima. Dovreste sapere che era proprietario di un basso. E i bassi, in questa città, c'è qualcuno che da anni vuole abbatterli tutti!"

"La Società per il Risanamento?"

"La prego, non mi faccia dire ciò che non è possibile dire."

"Suvvia, Barbatello, ma se Carlo aveva intenzione di andarsene da quella casa!"

"Ah, sì?" disse il capitano sospettoso. "Voi come fate a saperlo?"

"Me lo ha detto lui."

"Quindi c'era qualcosa che non mi avete raccontato?"

"Me n'ero dimenticata," rispose Matilde con invidiabile faccia tosta.

Federico Barbatello ci pensò su, adirato. "Questa informazione non cambia le cose," sentenziò. "Le indagini sono a buon punto, confidiamo di mettere le mani sull'assassino quanto prima. Perciò bisogna mantenere il riserbo più assoluto. Ci siamo intesi?"

Come no, pensò Matilde, un riserbo tale da aver fatto trapelare l'ipotesi della contesa per il basso di Montanari già poche ore dopo il delitto. L'ostinazione con cui il capitano difendeva quell'unica pista di indagine rasentava l'ottusità, era troppa anche per lui. Se quella era la maniera di indagare, se fermarsi alla prima ipotesi era il modo migliore di "provvedere alla sicurezza e all'ordine pubblico, invigilare all'osservanza delle leggi", come recitava il regolamento dell'Arma affisso alle spalle di Barbatello, c'era di che preoccuparsi.

"Ci siamo intesi?" ripeté il capitano in tono minaccioso.

Matilde annuì.

Sì, adesso era davvero preoccupata.

## *Undici*

La Marinoni sbuffò.

Stavolta non c'entrava con il solito grido dal primo piano della redazione che tardava ad arrivare, pensò il viceproto Baldassarre Pietrocola, non c'entrava con il ritardo di Ferdinando Russo nel consegnare il suo articolo, non c'entrava con la mancanza di bobine di carta, bidoni di inchiostro, lastre di zinco. No.

La sala motori del vascello tipografico ormeggiato in vico rotto San Carlo, di cui era il capitano – a proposito: ancora per poco, rifletté malinconico Baldassarre, considerato che quel ciangrassone di Federico Lunigiani, il proto ufficiale, si stava miracolosamente riprendendo dall'infezione alle viscere –, era ferma perché tutti al giornale stavano aspettando 'a signora.

"Ha avuto la focalizzazione?" chiese Ninuccio, seduto al compositoio, la solita aria da monaciello.

Baldassarre lo fissò. Ogni volta che posava lo sguardo su quel ragazzo con la tonaca rossa e le occhiaie profonde, un brivido lo attraversava da capo a piedi.

"Ancora niente, munacié," rispose, preoccupato come il parente di un moribondo in attesa della diagnosi del primario.

Arrivò Scalinger. L'aria trafelata, silenziosa, circospetta. Carte e cartuscelle tra le mani, nelle tasche, dappertutto. Il tipo d'uomo a cui il coraggio non viene né dal temperamento né dall'indole, ma dalla devozione totale a una causa. Nel suo caso, a una persona: donna Matilde.

"Scalinger," disse Pietrocola rivolgendosi spiccio al caporedattore. Il viceproto era solito riservare una quota di comportamenti meno sussiegosi, se non addirittura screanzati, a chi presumeva non gli avrebbe mai concesso un prestito, "per una volta che la tipografia è piena zeppa di piombo, non abbiamo nemmeno una parola da stampare. Dove sono le notizie? Come facciamo a preparare i cliché?" insisté.

"Shhh!"

Scalinger si guardò attorno nel seminterrato buio, invitando il viceproto ad abbassare la voce. Tirò fuori da una tasca dei pantaloni un foglio spiegazzato e lo aprì. "Puoi dire a Ninuccio di inserirlo nelle lastre?"

Il tipografo, messo sul chi va là dal comportamento guardingo di Scalinger, aprì il foglio e lo scrutò da cima a fondo. Non sapeva leggere, ma avrebbe saputo riconoscere un articolo battuto con l'Olympia di donna Matilde a mille miglia di distanza.

"È della signora?"

"Eh."

"Perché questo mistero?"

Il caporedattore fece spallucce.

"Ho capito," disse Baldassarre. "Scarfoglio non lo ha approvato."

Scalinger annuì.

"Vi ricordate cosa è successo l'ultima volta? Il direttore se ne venne quaggiù e disse che mi avrebbe rispedito a Francavilla, se avessi inserito un articolo non approvato nelle lastre. Tenete!" esclamò indignato Baldassarre Pietrocola. Restituì il foglio al legittimo proprietario.

Il caporedattore tossì. Troppo mite per imporsi con la forza del carattere, poteva riuscirci solo assumendo una modalità all'opposto della sua natura. "Donna Matilde sostiene che non vi tirerete indietro," iniziò in tono minaccioso. "Sostiene di avere un credito nei vostri confronti, maturato di recente."

Pietrocola sussultò. "Ricordate alla signora che per quanto riguarda le trentasei lire non ho ancora visto niente," replicò offeso. "Non credo dunque di avere nessun debito nei suoi confronti!"

"Ma che avete capito? Il credito di cui parla la signora non è di natura economica, ma morale."

"Morale?"

"Sì..." Scalinger abbassò la voce. "Qualche giorno fa l'avete seguita di notte da Pietro il pizzaiolo e poi, l'indomani, avete spifferato del suo incontro al capitano Barbatello. Altrimenti i carabinieri come avrebbero saputo che donna Matilde s'era incontrata col povero Montanari?"

"Non potrebbe essere stato Arturo?"

"Arturo è un pettegolo, ma non uno stupido."

"Quindi, io sarei stupido?"

"Lo avete detto voi."

L'ingenuo candore con cui Scalinger gli stava dando del delatore, reo di aver messo nei guai l'unica persona al mondo disposta a prestargli dei soldi, ebbe il potere di schiantare ogni reazione del viceproto, colpito nell'onore.

Baldassarre strappò sbuffando il foglio dalle mani del caporedattore e si rivolse a Ninuccio. "Munacié!" lo chiamò con voce stentorea.

Il compositore alzò lo sguardo. Entrambi, Scalinger e Pietrocola, rabbrividirono.

"Munacié!" continuò Baldassarre sventolando l'articolo. "Inseriscilo nei cliché, poi appecce tutto: si va in stampa!"

Fu così che la Marinoni si mise in moto, macinando ottomila copie in un'ora.

Gli strilloni cenciosi aspettavano su via Verdi, oltre il portale del deposito. In genere, appena si apriva, i più lesti afferravano i pacchi di copie avvolti nella carta kraft e filavano via, scegliendosi le consegne più facili presso le edicole ottagonali in ferro battuto, lamiera, legno e vetro che da via Roma a Chiaia stavano spuntando sempre più numerose negli ultimi tempi.

Gli altri, invece, erano costretti a distribuire il giornale alle sparute edicole del Vomero o alle fermate della tramvia a vapore tra corso Vittorio Emanuele e Piedigrotta, mentre gli strilloni meno furbi dovevano trascinarsi fino a Montesanto e da lì salire sul treno della circumflegrea in direzione Torregaveta, passando per le terme di Patamia a Bagnoli, poi le Stufe di Nerone a Pozzuoli, uscendo a ogni fermata dal treno per strillare con tutta la voce che avevano in corpo: "Accattateve 'o Matìn!", "Accattateve 'e nutizie!".

E la gente, incredibilmente, comprava.

I lettori volevano sapere i fatti, le notizie più importanti di cronaca nera e giudiziaria, le notizie di politica nazionale, di costume, della manutenzione stradale, volevano sapere i pettegolezzi dell'alta società, i nomi della chanteuse al Salone Margherita e le decisioni assunte dagli austeri politicanti seduti tra gli scranni del Consiglio comunale, ma per sapere tutti quei fatti gravi e fatui c'era solo un modo: acquistare una copia de "Il Mattino" di Scarfoglio e Serao.

Anche gli analfabeti – che in quella città di mezzo milione di anime erano la quasi totalità della popolazione – desideravano essere aggiornati sulle notizie, perché essere informati conferiva loro un potere più grande di qualsiasi altro, più ancora dei quattrini e della posizione sociale: prendere la parola in pubblico.

Intromettersi in una discussione ed esprimere la propria opinione, per un borghese piccolo o grande che fosse, per un operaio che voleva emanciparsi o per una donna che fino a quel momento era rimasta in silenzio ad allattare o ad aggiustarsi la vesticciola, voleva dire partecipare alla rivoluzione. C'erano persone che per secoli erano rimaste in silenzio, persone che gli uomini al potere avevano sempre considerato poco importanti, e a un tratto queste persone, grazie ai giornali, grazie a una singola copia da due lire, potevano far sentire la loro voce ed essere ascoltate. Succedeva non solo a Napoli ma in tutto il Sud: lo avevano fatto succedere quei due, marito e moglie, che si erano messi in testa di cambiare il mondo e alla fine lo avevano cambiato davvero.

Loro due, Tartarin e Gibus, la coppia d'oro che pochi mesi prima aveva abbandonato il "Corriere di Napoli" del finanziere Schilizzi e con le centomila lire della liquidazione si erano messi in proprio per non sottostare all'editore, ai suoi amici parigini Rothschild, ai ministri massoni come quel mascalzone di Nicotera. Loro due, ma per i lettori soprattutto Matilde, perché i lettori di un giornale sentono al di là delle leggi, degli usi e dei costumi, i lettori di un giornale sanno, capiscono ciò che devono capire anche quando nessuno dice loro con chiarezza come stanno le cose.

## *Dodici*

Le cose stanno messe malissimo, pensò don Edoardo Scarfoglio l'indomani mattina, chiuso nel suo ufficio, dopo aver sfogliato il giornale in edicola. Leggendo sovrappensiero, la mente rivolta al grande sogno della crociera a bordo del *Fantasia*, aveva rinvenuto nel taglio basso, imprevisto e non autorizzato, un articolo a firma Gibus in cui Matilde si scagliava contro l'inerzia dei carabinieri nell'indagine sul delitto Montanari.

"Scalingeeer!" urlò sobbalzando sulla sedia.

Il povero caporedattore, col cuore dilaniato tra l'amore per Matilde e la lealtà al giornale, aveva trascorso una notte insonne, schiacciato dal peso dei suoi segreti.

"Mi avete deluso, Scalinger. Pubblicare una simile oscenità senza sottoporla al vaglio del direttore!" lo attaccò Scarfoglio.

"Con tutto il rispetto, signore," si difese a voce bassa Scalinger, "ieri non eravate presente e il cocchiere mi ha riferito della vostra irreperibilità. Come avrei potuto agire alle vostre spalle?"

Don Edoardo lo fissò fremente di rabbia.

"Ieri, per vostra conoscenza," disse, "ho incontrato Salandra a Roma, a cui come saprete il presidente Giolitti non ha conferito la carica di sottosegretario. Motivo per cui mi sono dovuto precipitare a risolvere la questione, per salvare il mio e il vostro posto di lavoro! E ora uscite!" concluse. "Andate a chiamare mia moglie e ditele di venire da me!"

Quando Matilde varcò la soglia dell'ufficio, Scarfoglio era affacciato alla finestra, intento a esporre al vento il suo anemoscopio.

Dietro il quadrante ottagonale era stata fissata un'asta con una banderuola collegata a una ruota dentata a corona, i cui movimenti riproducevano gli spostamenti della lancetta – minimi, per la verità, a quell'ora in vico rotto San Carlo – sulla rosa dei venti.

"Buongiorno, Scarfoglio," disse lei.

Edoardo rispose senza voltarsi: "Siediti".

Matilde alzò le balze della gonna e prese posto sulla seggiola degli ospiti davanti alla scrivania del marito. Dalla finestra entrava una luce cupa, grigia, troppo fredda per essere maggio.

"Hai trascorso una buona notte, dopo il viaggio a Roma?" domandò.

"Ottima, grazie per averlo chiesto."

Ci fu una pausa.

"Totino non ha più la febbre," ricominciò lei. "Casomai fossi interessato alla salute dei tuoi figli."

Un soffio di brezza fece muovere di colpo la lancetta dell'anemoscopio, che segnò direzione nord-est sulla rosa dei venti. Scarfoglio, fingendo di non cogliere la provocazione, osservò la cupola della Galleria Umberto I mormorando: "Una brava scrittrice non dovrebbe mai cadere nell'errore di ripetersi".

"Non ti seguo," rispose Matilde alla schiena del marito.

"Invece secondo me hai capito benissimo!" Scarfoglio si voltò di scatto e, dimenticato l'anemoscopio, andò a sedersi. "*...Questo popolo non resiste agli antichi istinti, al bisogno di vivere come che sia, al bisogno di vendicarsi di questa società ingrata e traditrice...*" Inforcate le lenti, leggeva dal giornale piegato in quattro: "*...Non resiste alla suggestione del vizio, del male: e giuoca: e ruba: e si vende: e ferisce: e uccide: e colà, di giorno, di notte, appena dietro il paravento, il crimine, il delitto, si espandono, fioriscono, eterna rampogna, eterno rimorso a coloro che...* Lo riconoscete?".

"Certo, è il mio articolo pubblicato oggi."

Edoardo alzò lo sguardo: "Hai riutilizzato le tue parole, le stesse che una decina di anni fa inseristi nel *Ventre di Napoli*".

"Allora? È un reato?"

Scarfoglio strinse i pugni, cercando di nascondere la rabbia che gli ribolliva dentro: "No, ma se non si evolve, se non cambia idea, se non cambia le sue parole, una brava scrittrice non è più tale".

"Forse non lo sono come pensi," reagì lei. "Forse devo ripetermi per convincere me stessa e gli altri di credere in qualcosa. E poi, spero ne converrai, il mio articolo contiene tanto altro..."

"Certo!" disse furioso Edoardo. "Il resto è un attacco scriteriato e senza pudore all'Arma in generale e al capitano Barbatello in particolare! Leggi, leggi qua..." Afferrò di nuovo il giornale: "*...è questo il modo di provvedere alla sicu-*

*rezza ed all'ordine pubblico dei nostri amati carabinieri reali,*" declamò, "*e nello specifico del famoso eroe del Cavone, certo di invigilare all'osservanza delle leggi e dei regolamenti attraverso il perseguimento di strambe indagini che ad ogni minimo avanzamento trapelano dai piani alti della Pastrengo verso ogni cronista che sappia il suo mestiere? Come possiamo essere certi, da cittadini, che i colpevoli del delitto Montanari saranno assicurati alle patrie galere?*". Scarfoglio lanciò il giornale sulla scrivania. "Può bastare, che ne dici?"

Matilde fronteggiò lo sguardo di suo marito a testa alta, occhi negli occhi. Aveva esagerato a prendersi gioco del capitano e dei suoi uomini per la sciatteria nelle indagini, per le voci di corridoio che dalla Pastrengo arrivavano nelle redazioni dei giornali, per lo scarso interesse nel perseguire il delitto di un "socialistoide"? D'altronde, non è ciò che fa una brava scrittrice? Affermare la sua piccola verità in modo più eloquente e urticante di quanto farebbe una persona comune, fare di tutto perché affiori in superficie nel mare di altre piccole verità del mondo?

"Quindi, Edoardo, quale punizione è prevista per chi scrive ciò che pensa?" chiese. "Posso saperlo da te o devo chiederlo a Salandra? O a Giolitti? O forse basterebbe parlare col prefetto Senise?"

Scarfoglio sbuffò. "Hai la minima idea a quante persone oggi abbia dovuto fare da lacchè per impedire che il giornale venisse sequestrato?" replicò in preda a una rabbia che si esprimeva nello sguardo più che nei toni e nei modi. "Come posso portare avanti la mia battaglia contro Nicotera, quel cane di Schilizzi e tutta la loro monnezzaglia se mia moglie scrive a vanvera? Ti rendi conto del pericolo a cui mi hai esposto, ignorando la realtà dei fatti, raccontandola non per com'è ma per come tu vorresti che fosse?"

Matilde scoppiò in una risata amara e incontenibile. "La realtà, Scarfoglio? Davvero mi vuoi fare la predica sulla realtà?" disse. "Siamo due individui esperti. Dovresti saperlo che la realtà non esiste finché qualcuno non la scrive."

Edoardo tolse le lenti e le gettò tra i fogli davanti a lui. Si passò una mano nei capelli scompigliati e si sistemò i baffi. "Perché, Matildella? Perché?" Stava quasi per scoppiare in lacrime. "Perché mi stai facendo questo? È il tuo modo di vendicarti?"

Nonostante il tempo ne avesse avvizzito lo spirito, e a dispetto del carattere sempre più egoista e della brama di potere che lo avevano trasformato nel tipo di giornalista che scende a qualunque compromesso pur di mantenere il proprio status, Matilde non poteva negare il fascino di quell'uomo alto e filiforme, dai capelli scuri e gli occhi piccoli ma profondi. Capiva cosa provavano le sue amanti quando lo guardavano. Non le odiava, anche se trascorrevano i pomeriggi e le serate con lui a bordo del *Fantasia*, o se di notte, dopo una recita a teatro, si recavano impellicciate al Borgo Marinari per stappare una boccia di Louis Roederer. Non le odiava, anche se una di loro sarebbe partita con lui in crociera.

"Non mi sto vendicando di niente," disse lei.

Scarfoglio le sfiorò una mano.

Per un attimo, vedendo suo marito così triste, Matilde rischiò di nuovo di confondere i fatti con le interpretazioni e fu sul punto di raccontargli dell'incontro con Carlo Montanari il giorno prima che venisse assassinato e della promessa di pubblicare sul giornale le scottanti rivelazioni sul "marcio che domina in città". In fondo, anche se da posizioni politiche lontane, Montanari e Scarfoglio avevano gli stessi nemici.

No, si disse subito dopo, Edoardo non è più l'uomo di un tempo, non farebbe nulla, non capirebbe. Purtroppo, nemmeno lei era più la donna di un tempo: ritrasse la mano per impedire che lui gliela stringesse.

"Quella è la nostra barca, Tartarin," continuò lei. "È stato il nostro nido d'amore, il parco dei giochi dei nostri bambini. Gli hai dato il nome del mio primo romanzo, il libro che ci ha fatto conoscere, te lo ricordi?"

Scarfoglio annuì.

"Scrivesti la peggiore delle recensioni che avrei mai potuto ricevere. Eppure, dopo il nostro primo incontro, fu amore. Invece adesso? Cos'è diventato quel panfilo? Il lupanare per un branco di uomini affamati. Di poeti cultori di se stessi, della propria virilità. Di questo dovrei vendicarmi? Dovrei, ma non ci riesco. Quella fase della vita in cui una ragazza si aspetta dall'uomo che ama rispetto e amicizia è ormai passata. Ciascuno di noi fa la sua vita. Quindi no, non devo vendicarmi di nulla. E poi non sono i tradimenti a disturbarmi, lo sai."

"Cosa, allora?"

"Una donna può perdonare qualsiasi peccato a un uomo, ma non l'indifferenza."

Ciò detto, si ricompose e si alzò per uscire.

"Matilde..."

Scarfoglio la bloccò. Anche Edoardo si era ripreso, la debolezza che fino a pochi attimi prima lo aveva spinto alle lacrime era sparita ed era tornato l'indomito uomo di sempre.

"Che c'è?"

"Sappi che il tuo articolo è sbagliato per diverse ragioni, ma la principale è che sei finita vittima dell'astuzia del capitano Barbatello. Ti ha lanciato un amo, e tu hai abboccato."

"Che vuoi dire?"

"Ti ha fatto credere di essere sulla pista del dissidio tra Montanari e la Società per il Risanamento, mentre sin dall'inizio è su quella, a quanto pare, giusta."

Matilde si imbronciò. E bravo il mio eroe del Cavone, pensò, me l'ha fatta sotto al naso. "Quale sarebbe?"

Edoardo inforcò di nuovo le lenti e fece per rimettersi al lavoro. "Omicidio politico," la liquidò senza tradire alcuna emozione. "Se un socialistoide finisce sventrato in mezzo alla strada, è altamente probabile che un altro socialistoide abbia voluto eliminarlo."

*Tredici*

"*Dove ha raggiunto il dominio, la borghesia ha distrutto tutte le condizioni di vita feudali, patriarcali, idilliche. Ha lacerato spietatamente tutti i variopinti vincoli feudali che legavano l'uomo al suo superiore naturale, e non ha lasciato fra uomo e uomo altro vincolo che il nudo interesse, il freddo pagamento in contanti...*"

Un uomo alto e biondo, dai modi dei vecchi cospiratori e dal parlare misterioso, stava leggendo a voce alta, stringendo una copia di "Lotta di Classe" tra le mani. Disposti in cerchio attorno alla bara del povero Montanari, alcuni uomini in gilet e pantaloni col risvolto annuivano accorati da sotto le folte barbe.

"*La borghesia ha spogliato della loro aureola tutte le attività che fino allora erano venerate e considerate con pio timore. Ha tramutato il medico, il giurista, il prete, il poeta, l'uomo della scienza, in salariati ai suoi stipendi...*"

Matilde fissò il gruppetto chiedendosi: cosa stava guardando davvero? Quegli uomini dai grandi ideali e dagli abiti logori, che declamavano gli scritti di Carlo Marx e Federico Engels, in cosa erano diversi dai preti che predicano la parola di Dio?

Erano preti anch'essi, né più né meno.

Adoravano il socialismo, invece di Gesù Cristo; declamavano il *Manifesto*, in luogo del Vangelo, ma allo stesso modo credevano in qualcosa di cui non avevano dimostrazione concreta, in un'idea superiore. Con la differenza che per i cattolici il cadavere era protagonista di un viaggio verso l'aldilà, mentre in quell'assembramento di anticlericali diventava un mero contorno del verbo socialista.

L'uomo alto e biondo continuò a salmodiare: "*La borghesia ha strappato il commovente velo sentimentale al rapporto familiare e lo ha ricondotto a un puro rapporto di denaro...*".

Era possibile che lì dentro, si chiese Matilde, ci fosse l'assassino di Carlo? Era percorribile l'ipotesi del delitto maturato nell'ambito del Fascio operaio, come sosteneva Barbatello? Non riuscì ad approfondire la questione, perché in quel momento entrò un ragazzo con l'aria affranta.

Corporatura imponente, sui vent'anni, coppola di velluto logoro in testa. Matilde notò i suoi occhi celesti, ma soprattutto il modo in cui avvertivano il mondo che la biologia poteva sovvertire l'ordine sociale più della rivoluzione proletaria: Emiliano era bellissimo. Il ritratto di Annarella prima che la malattia la rovinasse.

All'improvviso le tornò in mente la sua amica ai tempi in cui Napoli non era ancora stata piagata dal colera. Ripensò al giorno in cui Annarella le aveva confidato di essere incinta, alla felicità che splendeva nei suoi occhi, alla paura per il lavoro che mancava, per la casa che mancava, per il cibo che mancava. Mancava tutto ad Annarella, eppure era così felice di aspettare un figlio. Lo stesso Emiliano che adesso si muoveva con circospezione nelle stanze polverose della sezione dell'Internazionale, l'unico luogo in città in cui le membra ricucite alla meglio di suo padre avevano trovato accoglienza. Di tanto in tanto qualcuno si avvicinava per porgergli le condoglianze.

"*La borghesia non può esistere senza rivoluzionare continuamente gli strumenti di produzione, i rapporti di produzione, dunque tutti i rapporti sociali. Prima condizione di esistenza di tutte le classi industriali precedenti era invece l'immutato mantenimento del vecchio sistema di produzione. Il continuo rivoluzionamento della produzione, l'ininterrotto scuotimento di tutte le situazioni sociali, l'incertezza e il movimento eterni contraddistinguono l'epoca dei borghesi fra tutte le epoche precedenti...*"

Ascoltando quelle parole, Emiliano scosse la testa in segno di disapprovazione. Non era il tipo di funerale a cui si aspettava di assistere? Era al corrente di qualche inimicizia tra suo padre e uno dei socialisti presenti?

Il ragazzo distolse lo sguardo dalla bara di Carlo e incrociò quello di Matilde. Appena la vide, si allontanò a gambe levate, dopodiché 'a signora si divincolò dal gruppetto di uomini in assise e lo seguì. Doveva parlargli. Doveva chiedere a Emiliano perché non si era presentato all'appuntamento sotto l'arco di Sant'Eligio e se questo aveva a che fare con la morte di suo padre. Doveva scoprire cosa avrebbe voluto mostrargli Carlo quella notte. Doveva guardare Emiliano negli occhi, gli stessi di Annarella, e fargli tutte le domande che la assillavano dal momento in cui aveva appreso dell'omicidio. Voleva proteggerlo.

Eppure, quando svoltò nel corridoio, mentre la litania dell'uomo alto e biondo svaniva in lontananza, Matilde dovette arrendersi: il ragazzo era sparito.

# 5.
# Si fa credito solo ai novantenni accompagnati da un genitore

*Quattordici*

I martelletti dell'Olympia battevano, trasferendo l'inchiostro dal nastro alla carta. Il carrello incandescente avanzava di uno spazio, poi di un altro, da quel calore le parole divampavano sul foglio come un cippo di Sant'Antonio.

Gli occhi di Matilde, nascosti dietro le lenti, erano fissi e concentrati, le dita andavano avanti senza sosta. Entro l'ora di pranzo avrebbe voluto finire l'articolo sul ricevimento che la regina Margherita stava organizzando alla Reggia di Capodimonte in presenza del principe di Napoli, suo figlio, ma senza il re Umberto. Chi più di 'a signora poteva capire lo stato d'animo della sovrana, costretta a trascorrere le giornate senza un marito su cui poter contare? Ancora una volta, Scarfoglio non aveva passato la notte a casa né si era fatto vivo in redazione.

Tuttavia il malumore per suo marito era ormai ben poca cosa e presto sembrò svanire, vinto dai nuovi pensieri che le frullavano in testa. Come fare per trovare Emiliano? Sarebbe riuscita ad allontanarlo dalla cattiva strada della guapparia in cui s'era cacciato, secondo quanto le aveva riferito la donna di vico Sottomonte?

Più le cresceva dentro la curiosità di capire perché il figlio di Carlo e Annarella fosse scappato dopo averla vista al funerale, più le sue dita battevano sulla macchina da scrivere con la veemenza inconcludente di un animale ferito. Nei corridoi della redazione, di tanto in tanto qualcuno si accostava alla porta chiusa di donna Matilde, tendeva l'orecchio, strabuzzava gli occhi e poi, come sospinto dall'elettricità che emanava, se ne allontanava.

"'A signora ha finito l'articolo?" chiese Scalinger avvicinandosi in punta di piedi.

Teresella scosse il capo: "Macché, sta inserrata da due ore," rispose. "Oggi è maletiempo!"

"Proprio tempesta," le fece eco il caporedattore.

Teresella stava pulendo con uno straccio la vetrata col disegno del gallo. "Peccato che le barche ormeggiate a Castel dell'Ovo non se ne accorgano," mormorò in tono allusivo.

Il riferimento a Scarfoglio provocò un sussulto in Scalinger. "A te come ti viene di dire certe cose, nè? Mi sembri Arturo," la rimproverò. "Sciò, vaiassa, vai a fare inciuci da un'altra parte!"

Anche se amava Matilde, e da buon aspirante alla mano della signora avrebbe dovuto fare il tifo perché don Edoardo uscisse di scena, nondimeno il suo sentimento era così puro da non volere che nessuno facesse pettegolezzi di alcun genere su di lei, e nemmeno sul marito.

"Scusatemi," rispose Teresella, stringendosi nel suo abito di lanetta nera.

Scalinger, il pizzetto lungo e austero, i capelli chiari spettinati, la fissò di sbieco: "Vai un poco a spolverare nella mia stanza. Là dentro non ci vai mai, sembra che ci sia dentro la Janara!".

Bussò alla porta di Matilde ed entrò. Se 'a signora non fosse uscita dalla stanza e se don Edoardo non fosse arrivato in tempo, sarebbe toccato di nuovo a lui riunire la redazione per discutere gli articoli da pubblicare l'indomani.

"Sii sincero, Giulietto," disse Matilde appena lo vide. "Secondo te, con questa storia di Montanari, ho preso il tram per la banca dell'acqua?"

"Dipende," rispose lui impassibile. "Un tram a vapore e il chioschetto dell'acquaiolo sono due entità distinte, ma potrebbero somigliarsi."

"Insomma, mi sto sbagliando a credere che l'omicidio politico tra socialisti sia una panzana?"

Il bavero della giacca aperto in gola lasciava intravedere un foulard verde scuro che, appaiato al pizzetto e a una lieve stempiatura, rendeva Scalinger più simile a un cospiratore mazziniano che al caporedattore di un giornale. "Ne ho sentite di supposizioni scriteriate, nell'arco della mia carriera," replicò. "Ma quella di un socialista sventrato da un altro socialista, o da più socialisti, mi sembra la peggiore."

"I socialisti, al di là di ciò che dicono quelli come Scarfoglio, non hanno nessuna voce nel dibattito politico in città, tutto confinato tra la sinistra di Nicotera, i cattolici e la destra storica. Ti trovi?"

"Mi trovo, eccome."

"Nessuno ucciderebbe un socialista. Se fosse morto l'onorevole Rosano, allora la polizia dovrebbe cercare tra i socialisti."

"Tuttavia è morto un socialista, non l'onorevole Rosano. Complimenti per l'acutezza dell'analisi politica!"

"Appunto," disse Matilde. "Adesso lasciami sola, Giulietto, per favore. Devo finire questo articolo e poi ho un appuntamento."

"Quindi non parteciperete alla riunione di redazione?"

"Pensaci tu, Giulietto. Te ne prego."

Scalinger si avviò. Ogni volta che la porta dell'amata si chiudeva alle sue spalle, un poco ne soffriva. "D'accordo, donna Matilde. Buona giornata."

Il secondo incontro mattutino di Matilde fu con Baldassarre Pietrocola a cui, dopo la pubblicazione dell'articolo clandestino non approvato da Scarfoglio, stava finalmente per concedere le trentasei lire promesse in prestito.

"Baldassà," lo ammonì lei senza smettere di battere sull'Olympia. "Sappiamo entrambi che non userai questo denaro per spignorare l'abito nuziale di tua moglie. Per un napoletano il richiamo del bancolotto è irresistibile, trova sempre sei soldi, mezza lira, al sabato, da giocare."

"Ma io sono napoletano acquisito," replicò il viceproto. "Come sapete, provengo dagli Abruzzi."

"Tutti i forestieri, una volta sistematisi in questa cloaca, diventano napoletani. È un vizio generale da cui non sei immune nemmeno tu. Quindi, ricorri a tutti gli espedienti per tentare l'azzardo. Inventi, cerchi, finisci per trovare... Anche tu, pur non avendo fatto colazione, dirai che la massima miseria non consiste nel dire 'Non ho pranzato', ma nell'affermare in tono solenne 'Nun m'aggio potuto jucà manco nu viglietto!'."

Baldassarre ammise: "Che ci volete fare, donna Matilde, il lotto è una malattia che infuoca le cervella. Sono talmente disperato che ormai tento la pigliata anche al gioco piccolo. Quella sì che è una cattiva strada!".

Di colpo, 'a signora smise di scrivere, come folgorata. "Che hai detto?" gli chiese.

Il tipografo la fissò titubante: "Il gioco piccolo..." mormorò, "è una cattiva strada. Cattivissima!".

Matilde rimase in silenzio per un po' a rimuginare, poi disse: "E tu, nel caso," ricominciò, "mi accompagneresti su questa cattiva strada?".

## *Quindici*

All'improvviso, dopo pranzo, spalancò la porta dell'ufficio.

Era quella l'ora del pomeriggio in cui, nella redazione, il silenzio calava come il braccio della catapulta prima di caricare il colpo. Una sensazione di rilassatezza, che in realtà significava attesa della battaglia, si allungava negli uffici sfiorati dal sole, tra i meandri bui della tipografia. La quiete era così assoluta che la presenza di Matilde si sarebbe potuta avvertire dal rumoroso borbottio del suo stomaco, eppure ancora una volta riuscì a sgattaiolare via senza che nessuno, nemmeno il sempre all'erta Scalinger, se ne accorgesse.

Appena la vide varcare l'uscio del palazzo, Arturo, appoggiato come un lazzaro alla ruota della carrozza e intento a strafogarsi con un tozzo di pane e zucchine alla scapece, balzò in piedi. "Buon pomeriggio, donna Matilde. Al vostro servizio."

"Rilassati, non ho bisogno della carrozza," disse lei. "Ho appuntamento con Lenor ai Banchi Nuovi."

"La signora Duse è in città con la compagnia?"

"È a Napoli per la festa del principe alla Reggia di Capodimonte."

Arturo fece il gesto di cucirsi le labbra. "Non dirò nulla, adda murì mamma."

"Artù, te ne prego. Da quando ti conosco quella povera mamma tua è già morta una sessantina di volte. E poi, se ti ho detto di avere un appuntamento con Lenor ai Banchi Nuovi, vuol dire che non ho problemi a far sapere a chiunque dove sto andando."

Matilde passò davanti al cavalluccio e gli fece l'occhiolino, lasciando il ragazzo a capo chino e bocca aperta.

Al contrario della redazione, la Galleria Umberto I era affollata di gente. Matilde oltrepassò gli edifici di ferro e vetro costruiti dalla Società dell'Esquilino, ammirando la magnificenza della cupola progettata dall'ingegner Francesco Paolo Boubée, centro mondano della città con le botteghe, i caffè e il Salone Margherita dove si esibivano i migliori attori e le più famose ballerine d'Europa. Eppure quanti erano stati gli operai morti e poi dimenticati che avevano edificato quel bendidio?

Nello spazio di pochi metri, come ovunque in città, le luci più intense e le ombre più profonde si mescolavano senza interruzione. Due rifrazioni opposte attraversavano Napoli senza che nessuno riuscisse mai a metterle a fuoco.

Decise di prendere il varco di via Verdi per non incontrare seccatori, ma prima di scendere i gradini qualcosa attirò la sua attenzione: tra la volta dell'edificio e la balconata al primo piano, quattro operai stavano montando una tabella di rame con la scritta

DE SANCTIS COSTRUZIONI

Accanto al mastro che dirigeva le operazioni di montaggio, Matilde vide un uomo accerchiato da uno stuolo di lacchè. La redingote corta e alla moda gli finiva appena sotto le anche ed era adornata con piccoli revers e un fiore all'occhiello. Sotto il gilet bianco a sei bottoni – tre per due file – delle perle nere e rosa gli decoravano il plastron della camicia. Aveva tra le mani un portasigari tempestato di pietre preziose, eppure, a causa della bassa statura e della figura non traboccante di charme, non si sarebbe distinto nella massa degli altri nuovi borghesi che affollavano la Galleria Umberto I se non per un bizzarro dettaglio: il gibus, il cappello che aveva ispirato Matilde all'atto di scegliersi uno pseudonimo per i suoi articoli.

Aveva adocchiato per la prima volta quel modello tra le

vie di Parigi, dov'era alla moda perché il magnifico Gustave Flaubert amava usarlo durante i suoi viaggi. Un piccolo scatto di molle e via, il cilindro era pronto. A Napoli non era così diffuso, ecco per quale motivo aveva notato l'uomo accanto agli operai intenti a montare la tabella della nuova ditta che avrebbe occupato gli uffici della Società dell'Esquilino in liquidazione.

Dopo aver fatto il giro attorno a Palazzo San Giacomo, Matilde riprese via Roma. Il viaggiatore straniero che fosse venuto a Napoli e non avesse visto quella strada in un pomeriggio di primavera, gremita di gente, addobbata, imbandierata, infiorata, fluttuante e ondeggiante e tumultuante di folla, non avrebbe visto Napoli. Così pensava Matilde, che tra San Nicola alla Carità e le Chianche – uno spazio di due piazze, due lunghi marciapiedi, occupato dai commercianti di frutta, erbaggi, legumi – fu sopraffatta dalla calca.

Un oste sulla porta della sua bottega gridava: "Addorosa, addorosa, 'a spiritosa!" senza che nessuno gli prestasse ascolto. Accanto a lui, un gruppetto di uomini e donne in stracci indicava la catasta di soffritto che un mercante col carretto offriva a cinque lire alla fetta. Prezzo quanto mai esorbitante che, a dire del venditore, era dovuto all'improvvisa impennata delle interiora di maiale dai grossisti della carne. Sul lato opposto della strada, più all'ombra, un paio di donne di malaffare cercavano di accalappiare qualche cliente.

Matilde si addentrò tra le bancarelle. Mentre attraversava lo stretto corridoio occupato da un lato e dall'altro da sporte di fave, cicoria, pomodori e peperoni, un garzone buttò un secchio d'acqua fetente che per poco non la colpì in pieno.

"Scusate, donna Matilde," disse il venditore di spassatiempo che aveva incaricato il guaglione di ripulire la strada dai semi di popone e dai ceci cotti andati a male.

Matilde lanciò un'occhiataccia in direzione dell'uomo.

“Scusate un corno, il vostro garzone tomo tomo stava per farmi una chiavica!”

“Vi ho chiesto scusa. Cosa debbo fare di più? Inginocchiarmi e chiedere perdono?”

Il venditore scoppiò in una risata fragorosa, che contagiò i suoi colleghi.

“Non c’è bisogno di una contrizione così plateale,” disse lei con voce stentorea, interrompendo con coraggio la risata collettiva. Anche se appartenevano a una classe sociale inferiore erano pur sempre uomini, e lei era una donna. “Basterebbe che vi spostaste a vendere la merce altrove,” continuò. “Come peraltro il Comune vi ha chiesto di fare da tempo, a Monteoliveto, dove vi hanno costruito un mercato regolare!”

A quelle parole, lo scherno e gli sberleffi dei mercanti si fecero ancora più grassi. Il venditore di meloni, accanto a quello dello spassatiempo, disse in tono canzonatorio: “Un mercato regolare? Ma i napoletani vogliono spendere nelle strade! E soprattutto vogliono *vendere* nelle strade! Siamo fatti così, siamo napoletani...”.

In silenzio ’a signora tirò a sé le balze della gonna e in punta di piedi, sotto gli sguardi perlopiù ostili e a tratti condiscendenti degli uomini, scavalcò il rivolo di acqua fetente. Conclusa l’operazione, rimise la gonna a posto e sistemò il cappello: “Infatti,” disse. “I napoletani dovrebbero fare un po’ meno i napoletani.”

## *Sedici*

“Gli hai risposto così?”

“Sicuro!”

“Mon Dieu, Matildella! Devi smetterla di litigare con tutti i lazzaroni che incontri. Una signora come te...”

La risata di Matilde riecheggiò nello stanzone senza finestra e male illuminato, una vecchia locanda borbonica, poi convertita in un rifugio oscuro di briganti, adesso chiusa al pubblico.

"Per carità, Lenor. Hai un'idea troppo aristocratica di me," disse. "E in questa città nessuno rimane aristocratico a lungo. I napoletani amano i nobili, ma non la nobiltà. Persino tu, Divina, finiresti per spugnare il sellino della tua gonna nell'acqua lurida del venditore di spassatiempo."

Nel primo pomeriggio, la sala d'aste dell'antiquario era semivuota. I pezzi pregiati che avrebbero richiamato l'interesse dei collezionisti più facoltosi sarebbero usciti almeno mezz'ora dopo. Il banditore entrò e andò a sedersi dietro il bancone, imponendo il silenzio alla modesta folla accorsa con la forza del suo sguardo rognoso. Era gobbo e anziano, col naso a forma di caccavella e la testa spelacchiata.

Matilde si sporse in avanti per osservarlo meglio. "Perché siamo qui e non al negozio di via Chiatamone?" sussurrò poi rivolta all'amica.

"Perché, perché, perché..." La collanina d'oro rosa al collo di Lenor vibrò. "A volte, Matildella," continuò, "non sembri affatto la scaltra giornalista che tutto il mondo ammira."

"Se fossi scaltra, non farei la giornalista. Ma faccio la giornalista, quindi chiedo: perché siamo finite in questa stamberga fredda e oscura ai Banchi Nuovi?"

"Perché questa stamberga, come la chiami, non ha nessuna insegna pubblica. E senza insegna è più facile, per Herling, mettere all'asta qualche pezzo, diciamo così, *spécial*!"

"Di contrabbando?"

"Shhh!" la zittì Lenor. "Non si parla di contrabbando in casa dei contrabbandieri!"

L'assistente dell'antiquario, un tipo con degli occhialini lerci e un mantello di lanetta rossa, le osservò di sbieco. Il banditore mise all'asta in sequenza: un portagioie del XVII secolo appartenuto a una nobildonna spagnola, una planimetria di Palazzo Reale risalente al regno di Gioacchino Murat e un pezzo di mosaico romano rinvenuto agli scavi di Ercolano. Fu l'unico oggetto a ricevere un'offerta.

"Trenta lire!" si lanciò a offrire un collezionista in prima fila.

"Non lo so, Lenor," attaccò Matilde, appena l'assistente dell'antiquario smise di fissarle. "Mi sento così strana in questo periodo. Da quando Carlo è stato ucciso, non riesco più a comporre un articolo o una novella. Le parole mi sembrano inutili. Me ne sto ferma, imbambolata davanti all'Olympia, senza nulla di sensato da scrivere. Ricordi quant'ero brava un tempo?"

"La migliore," ribatté l'amica indicando il banco di legno su cui erano stati ammucchiati gli oggetti pronti per essere battuti all'asta. "Adesso che ne diresti di concentrarci sull'obiettivo per cui mi sono scapicollata da Vienna fin qui?"

"Rispondimi in sincerità," continuò Matilde ignorandola. "Secondo te sono ancora la brava scrittrice di un tempo? La Émile Zola italiana?"

"Tu sei Matilde Serao, ed Émile Zola è Émile Zola. Che vuoi dire? Non capisco."

Nonostante fossero al chiuso, Lenor aveva tenuto il cappellino bianco. Indossava una giacca di cotone a otto bottoni stretta in vita, cadente sul davanti, una veste di mussolina senza volant e un fazzoletto da collo a tinte smorte annodato in modo da coprirle parte del volto, per non dare nell'occhio. Il profilo algido era corretto dalla rosea trasparenza delle narici, le labbra schiuse e rosse come un fiore di melograno si rialzavano agli angoli in quel sorriso perenne tipico delle statue greche o delle figure perfette.

"Voglio dire, amica mia, tu che mi conosci meglio di chiunque altro," insistette Matilde. "Non hai l'impressione che da un po' di tempo a questa parte io sia diventata più borghese?"

Di certo Eleonora Duse, l'attrice più famosa al mondo, di ritorno da una trionfale tournée al Carltheater, amante del lusso e delle cose belle, non era la persona adatta a cui porre una simile domanda. Soprattutto mentre era intenta ad acquistare a un'asta clandestina un carboncino che la ritraeva. Lenor si toccò la collanina di oro rosa: "Non c'è nulla di male a essere borghesi," disse.

"Intendo la borghesia che affolla i palchi alla luce del gas nel Teatro Sannazaro. La borghesia piena del suo merito, piena del disprezzo verso tutto ciò che è fine, artistico." La voce di Matilde sovrastò la noiosa cantilena del banditore, attirando gli sguardi adirati degli altri acquirenti. "La borghesia grassa, grossa, beatamente cretina, del Regno d'Italia!"

Qualcuno in sala tossì per ammonirla.

"Scusateci..."

Da sotto al cappellino, Lenor lanciò uno sguardo contrito e ammaliatore verso gli uomini intorno. Nessuno la riconobbe, ma tutti videro in lei una luce che la rendeva diversa dalle altre donne a cui di solito avevano accesso.

"Sì, in effetti in questi ultimi anni la timida telegrafista che un tempo lavorava tutto il giorno alle poste per mantenere la famiglia ha fatto parecchi progressi," disse Lenor rivolgendosi all'amica. "*Ma chérie*, hai scritto romanzi, novelle, hai fondato due giornali..."

"Il giornale, appunto. La gente mi accusa di aver spinto Scarfoglio in un baratro. Che l'impresa si rivelerà fallimentare."

"Per quanto ne so, la gente sussurra che tu sei la vera direttrice e tuo marito soltanto un politicante. Lo sai meglio di me, il giornalismo è un mestiere fragile. Sforzi di giorni per scrivere qualche riga che la mattina dopo finirà nella... Come la chiamate voi a Napoli la spazzatura?"

"Monnezzaglia."

"Nella monnezzaglia, appunto."

Ogni volta che la sua amica provava a dire una parola in napoletano, a Matilde veniva da ridere.

"Pensa a quante frustrazioni si accumulano in quelle redazioni affollate di uomini che ben conosci," continuò Lenor. "Frustrazioni, umiliazioni, rapporti che si deteriorano... Nessun gruppo di cronisti è destinato a durare in eterno."

"Se è per questo, nemmeno una coppia di cronisti."

La collanina di oro rosa fu attraversata da un fremito. Un tempo, prima che Matilde fosse sedotta dal fascino di Scarfoglio, Lenor aveva cercato di spingerla nelle braccia di una conoscenza comune, il conte Primoli – Gegè, come lo chiamavano gli amici. Se per Matilde il dubbio era stato fugace, risolto in fretta dalle avances di Edoardo sulla spiaggia di Francavilla, in Lenor quella scelta aveva scavato un solco amaro, convinta com'era che Tartarin avrebbe reso infelice la sua amica. Aveva avuto ragione.

"Non è facile unire lavoro e vita coniugale," osservò Lenor.

"Di lavoro assieme ormai ne facciamo ben poco. Quanto alla vita coniugale, meglio risparmiarti certi penosi dettagli. Ho la sensazione che Scarfoglio mi disprezzi e non mi voglia più per le stesse ragioni per cui mi ammirava dieci anni fa," disse Matilde. "A volte mi guarda e non parla, come se pensasse: E perché scrive ancora? Che vuole? Che intenzioni ha? Che si crede di fare? Perché non si occupa della nota del bucato e della cottura perfetta dello stufatino? Sì, lui mi guarda e pensa questo..." continuò. E poi, cambiando tono: "Hai saputo che sta preparando una crociera con D'Annunzio nelle isole greche?".

"Non ne so nulla, eppure con Gabriele ci siamo scambiati qualche lettera e abbiamo parlato di te e Edoardo."

"Ti stai scrivendo con D'Annunzio?"

"Solo per ringraziarlo di avermi inviato le sue elegie con una dedica."

Matilde spalancò gli occhi. "Eleonora!" disse con scherzoso tono di rimprovero. "E Volkov? Come ha preso questo tuo nuovo flirt?"

"Lasciamo perdere Aleksandr!" sbuffò Lenor. "È un malessere. Mi scrive tre lettere al giorno quando siamo lontani. E altrettante fotografie mi scatta quando passiamo del tempo insieme."

"Quindi, per chi dei due è il ritratto che hai deciso di acquistare in quest'asta di contrabbando?"

Matilde indicò il fondo della stanza. Il carboncino con il volto della sua amica incorniciato apparve sul banco. Nessuno fece caso alla somiglianza tra la donna in sala con il cappellino bianco e il disegno che la ritraeva a mezzo busto.

"Né per Volkov né per D'Annunzio," ammise Lenor con un sorriso candido e malizioso allo stesso tempo, che metteva in risalto la perfezione del suo ovale. "Ma per Boito."

"Arrigo? N'ata vota! Gesummio, Lenor! La tua vita sentimentale è più affollata di via Roma la settimana che precede il santo Natale!"

Il banditore iniziò a leggere da un foglio privo di espressione: "Famoso come il principe dei ritrattisti tedeschi, Franz von Lenbach si è dedicato in più di un'occasione a ritrarre Eleonora Duse negli anni ottanta, nella sontuosa dimora allestita a Palazzo Borghese, in Roma. Questo ritratto a mezzo busto dell'attrice...".

"Abbiamo ricominciato a scriverci," sussurrò Lenor. "Voglio regalargli il disegno che mi fece quel donnaiolo di Lenbach." Si alzò in piedi e tossì per richiamare l'attenzione del banditore: "Duecento lire!".

La sua voce echeggiò nella penombra dello stanzone ravvivando l'atmosfera cadaverica. Un mormorio si alzò dagli altri acquirenti, più per il fatto che a offrire fosse stata una donna che per l'importanza del carboncino.

Il banditore alzò la testa per assicurarsi di non aver sognato. 'A signora strattonò Lenor per la veste e sussurrò: "Duecento lire! Ma sì pazza?".

Lenor sorrise e con aria vezzosa disse: "Sentiamo, Matildella: quanto pensi debba valere un ritratto della Divina?".

Scoppiarono a ridere. Un attimo dopo, l'attenzione di Matilde fu attratta dalla figura di un uomo dai lunghi capelli neri e sottili, e pizzetto alla D'Artagnan, che la fissava dall'altro lato della sala. Giovane, di bell'aspetto, aveva una postura elegante nonostante la giacca e i pantaloni larghi fossero logori e pieni di rammendi. I loro sguardi si incrociarono, prima che Matilde abbassasse il suo.

"Conosci quel giovane sfacciato?" chiese Lenor, notando l'occhiata tra i due.

Matilde si girò verso l'amica. "Non mi pare," mormorò, trattenendo a malapena un sorriso. "La sua faccia mi dice qualcosa, ma non saprei."

L'assistente dell'antiquario si avvicinò a Lenor e le disse di recarsi entro la fine della settimana alla bottega di Herling in via Chiatamone per ritirare il ritratto. Lenor lo redarguì: "Mi spiace, gentile signore, ma di mestiere non faccio la portaordini. Se fosse possibile, gradirei ricevere l'opera d'arte in albergo. Alloggerò al Grand Hôtel Vésuve, in via Caracciolo, fino all'indomani del ricevimento alla Reggia di Capodimonte in onore di Sua Altezza Reale...".

L'assistente dell'antiquario fece un rapido inchino e uscì dalla sala. Mentre il banditore proponeva un manoscritto seicentesco de *La tiorba a taccone*, scaldando la temperatura degli animi moribondi seduti davanti a loro, Matilde si voltò di nuovo in cerca dell'uomo, ma l'affascinante bohémien era sparito.

"Ti andrebbe di farmi compagnia a cena?" le chiese Lenor. "Al Vésuve hanno assunto uno straordinario chef belga." Visto che l'amica non rispondeva, la scosse per un braccio: "Matildella, mi stai ascoltando?".

Matilde, come risvegliandosi da un incantesimo, rispose: "Sì, ci vengo. Però dobbiamo fare in fretta, sul tardi ho un appuntamento".

Lenor la scrutò sospettosa. "Un appuntamento sul tardi? Dove? Con chi?"

## *Diciassette*

Le due amiche desinarono alla tavola allestita nel bistrò dell'hotel affacciato sul golfo e riservato agli ospiti, scambiandosi confidenze e qualche affettuosa frecciatina.

"Lenor, hai tra le mani due poeti e un pittore. Il tuo letto, già pieno per metà della tua arte, straripa di ingegno..."

"Matildella, Matildella, ti ho vista da Herling come scrutavi con gli occhi accesi dalla passione quello scugnizzo in abiti da *poète maudit*..."

Davanti a loro, oltre la grande vetrata, il tufo di Castel dell'Ovo spiccava in mezzo al mare, mentre sulla tavola troneggiava un gran piatto dai bordi rialzati pieno di *sauce hollandaise*, in cui infilare il cucchiaio per accompagnare prima i *petits pois au jambon*, poi il *contre-filet à la printanière*, cui seguirono come dessert del *gâteau condé* e della *glace à l'italienne*, il tutto accompagnato da una *caraffe* di grignolino.

A un quarto alle undici, senza che Lenor avesse più posto domande sul misterioso appuntamento dell'amica, Matilde chiese al concierge di mandare a chiamare una carrozza in piazza Vittoria.

"Ci vediamo al tuo ritorno da Roma, amica mia. Per quanto ne hai?"

"Ancora tre giorni di recite. Dumas, Sardou, Ibsen..."

"Adoro quel *Casa di bambola*! E tu, Lenor, sei una Nora di gran lunga migliore della Aliprandi."

Si abbracciarono e si tennero strette a lungo, finché il cocchiere giunse all'esterno dell'hotel.

"Perché non hai chiamato Arturo?"

Matilde scosse la testa. "Quel lazzarone sta sempre a impicciarsi dei fatti miei, stasera ho bisogno di muovermi con discrezione."

"Licenzialo. In questa vita è necessaria la fedeltà del cocchiere, più di quella del coniuge."

"Non ho mai cacciato nessuno, Lenor, e di sicuro non inizierò con Arturo. Si avvierebbe con spensieratezza verso la strada delle carceri o del domicilio coatto."

"È questo il problema di voi al Sud: non licenziate mai nessuno! Perdonate tutto, non tirate mai una linea," disse Lenor. E poi: "Mi raccomando, Matildella. Stai attenta, stanotte".

Mezz'ora dopo, come convenuto, Matilde aspettava davanti al Tritone della fontana di piazza Cavour.

Baldassarre Pietrocola sbucò come un fantasma dai giardinetti ritrovo dei pezzenti di San Gennaro, sorprendendola alle spalle.

"Signora..."

"Baldassà..."

"Siete pronta?" chiese il tipografo con aria misteriosa e la puzza di osteria incollata agli abiti. "Andiamo, prima che finiscano i biglietti."

"Solo un attimo," lo fermò lei. "Dimmi una cosa, il giornale è stampato? Ferdinando Russo ci ha fatto la grazia?"

Il viceproto annuì. "La Marinoni non si è inceppata nemmeno una volta, il monaciello ha fatto il suo dovere e gli strilloni sono partiti," disse con orgoglio. "Adesso muoviamoci," aggiunse. "Spicciamoci, la Chiave dei Sogni sta per finire."

Si avviarono dal lato della piazza che sconfinava nel quartiere della Sanità, oltre i binari del tram a vapore che a quell'ora della notte – e in verità, per molte ore anche del giorno – non passava più. Lasciarono subito la via principale, infilandosi in vicoli tetri senza nome né candele accese.

Oltrepassarono decisi un paio di fondaci in cui dei miserabili vivevano ammassati, dove gli uomini bestemmiavano e fumavano a turno dalla stessa sigaretta di tre centesimi, e le donne cuocevano su un focolaretto di tufo quel poco di commestibile che erano riuscite a racimolare.

Scortata dalla dimestichezza di Baldassarre, la figura elegante di Matilde passò inosservata. Agli occhi delle persone che era solita frequentare, muoversi per quelle strade significava inoltrarsi nel regno della morte. Per lei era il contrario. Per 'a signora, i morti, i veri morti, sciamavano per le botteghe di lusso a Chiaia, bevevano caffè al Bar Gambrinus, sfoggiavano al Teatro San Carlo una pelliccia acquistata da Mele. Per un attimo le tornarono in mente le parole della donna affacciata alla finestrella di vico Sottomonte, la vicina di Montanari: "A chi cercate? Non ci sta nessuno. Sono morti tutti...".

Una paura sconfinata avrebbe assalito chiunque, tra i suoi ricchi conoscenti, si fosse trovato per caso a camminare da quelle parti. Le persone benestanti sono convinte di brillare, pensò, e che i poveri abbiano sempre lo sguardo posato sulle loro ricchezze; invece, lontani dalle occasioni convenzionali in cui avrebbero usato le violente maniere di routine per arraffarne abiti e gioielli, i poveri se ne stavano perlopiù inermi, rinchiusi nelle loro case a dormire, ammalarsi, crepare.

In un vicolo più stretto degli altri, giunsero all'esterno di un basso illuminato, dove si accalcava un gruppo di disperatoni. Non ci sarebbe stato spazio nemmeno per uno spillo, eppure continuavano ad aggiungersi persone. Dall'interno si sentiva urlare:

"Vintiquatto!".

"Sissantanove!"

"Quarantadoie!"

"Diciotto, il sangue!"

"Sittantacinche!"

"Quarantuno, il coltello!"

"Eccoci..." Baldassarre indicò l'ingresso del basso. "Siamo arrivati."

Matilde osservò la scena perplessa. "Cioè?"

"La Chiave dei Sogni," continuò lui. "Qui si viene per la giocata. La mezzana sta dentro a raccogliere. Le due lire per il biglietto le tenete?"

Matilde sorrise. "Baldassà, vorresti farmi un prestito?"

Il viceproto si strinse nelle spalle. "Di solito, chi si spinge fin dentro le fauci di questo vicolo ne ha bisogno."

'A signora scrutò la muraglia di corpi umani che la separava dall'ingresso del basso. "Tutta questa gente tenta la pigliata?"

"Oggi è venerdì, domani usciranno i numeri e si saprà chi ha vinto e chi no."

"Lo capisco, ma nemmeno dal vinaio c'è tanta folla."

Il tipografo mosse uno sguardo accorato verso quei poveri disgraziati. "Il lotto è l'acquavite di Napoli."

"Allora vuol dire che in questa città se ne beve troppa."

"Eh," mormorò Baldassarre. "Adesso entrate, vi aspetto qua."

"Otto!"
"Vintiroie!"
"Sittantotto!"
"Novanta, il popolo!"
"Novanta, la paura!"
"Il popolo fa paura!"

La mezzana, appapagnata su una seggiola di legno, teneva sulle ginocchia un registro su cui appuntava i nomi dei clienti e i numeri della giocata. Al suo cospetto, tra interpretazioni di sogni, fatti e premonizioni, la coda di giocatori e giocatrici a cui – dopo aver preso i due soldi e averli infilati sotto la gonnella – rilasciava un pezzetto di carta sporca, con sopra scritti i numeri col lapis.

"Quarantanove!"

"Chella è mmorta, mo, almeno ce refrescasse a nnuie, che simmo vive," diceva una donna.

"Zitti, zitti! Solo il monaco sa i numeri!"

"Pure l'assistito di vico Nocelle!"

"Sissantuno!"

Eccola, la Chiave dei Sogni. L'ebbrezza dei napoletani passava da quei biglietti. Se ci fosse stata una rivoluzione per migliorare le condizioni del popolo e i rivoluzionari avessero bandito il lotto, pensò Matilde, allora il popolo avrebbe fatto un'altra rivoluzione per tornare a stare male e a giocare i suoi numeri perdenti.

"A chi tocca?"

La mezzana, con la sua gonnella sudicia e lacera, si era rivolta a lei.

"A me," disse Matilde. Avanzò d'un passo. Alle sue spalle, la gente in fila continuava a discutere, ignorandola.

La donna scrutò perplessa il volto poco familiare. "I soldi ce li avete?" le chiese. "Qui si fa credito solo ai novantenni accompagnati da un genitore!" aggiunse allargando la bocca in un sorriso beffardo.

Matilde afferrò le due lire per versarle nel pannicello aperto su una facciata del registro. Nell'attimo in cui la donna prese il denaro con le sue mani nere e piene di verruche, si rese conto di non aver mai avuto un piano. Cosa era andata a fare laggiù, nel cuore della notte? Cosa avrebbe detto alla mezzana? Sono una giornalista e sto indagando sul lotto clandestino? Fatemi il nome del tenitore per cui lavorate? E il suo guappo dagli occhi celesti, dove sta?

Ammesso che fosse successo davvero, che la mezzana avesse scambiato più d'una parola con lei in quel bailamme di disperati storditi dalla speranza, rivelando ciò che non avrebbe rivelato nemmeno in questura, Matilde sarebbe poi andata dal tenitore a fare che cosa di preciso? In che modo avrebbe trovato Emiliano?

"Signò." La mezzana richiamò la sua attenzione. Non sembrava affatto la feroce belva che prendeva i soldi alla povera gente e frodava il governo per arricchire se stessa e qualche ricco borghese che gestiva il gioco piccolo. "Ditemi i numeri e vi faccio il biglietto. Si vince assai. Uno scudo l'ambo, quaranta scudi il terno."

Matilde si accorse che il pannicello in cui si raccoglievano i soldi era stato svuotato. Da chi? Quando? La gonnella della mezzana non era abbastanza capiente per contenere tutto quel denaro.

Proprio allora alzò lo sguardo e notò un dettaglio che per tutto il tempo, da quando aveva messo piede nel basso, era stato sotto i suoi occhi.

Alle spalle della donna seduta, una tenda separava l'ambiente in cui la folla di disperatoni era stipata da un altro vano, piccolo e buio, in cui Matilde intravide armeggiare una sagoma. In testa portava una coppola di velluto.

Emiliano.

“Allora, signò?” disse la mezzana. “Che nummere vulite?”

Matilde, gli occhi fissi sulla feritoia tra la tenda e la parete, mormorò: “Il ragazzo...”.

Quasi l’avesse sentita e si fosse accorto della sua presenza, Emiliano tirò la tenda e sparì.

Esitante, temendo di perderlo come al funerale, Matilde si avvicinò, allungò una mano e in quel momento uno dei giocatori in fila, un uomo anziano e con le unghie nere, le si parò davanti: “Spicciatevi!” disse in tono aggressivo. “C’amma iucà ’o viglietto pure nuje!”

Qualcuno le strinse il braccio. Matilde, impaurita, si girò di scatto. Era la mezzana, che con quel gesto le fece capire di tornare a sedersi.

“Quindici!” disse spazientita la donna, segnando il numero col lapis sul biglietto. “E poi?”

Matilde tornò a fissarla. “Eh?”

“Avete detto ‘il ragazzo’. Fa quindici. E poi? Almeno un ambo lo vogliamo tentare? Mi serve un secondo numero per la pigliata.”

Matilde, ancora scossa, ci pensò su. Dietro di lei, in fila, si riaccesero le contestazioni.

“Spicciatevi!”

“C’amma iucà ’o viglietto pure nuje!”

“Facite ambresso!”

La mezzana placò le ire dei disperatoni con un gesto di stizza accompagnato da un urlo: “Stateve zitti, pezziente!”.

Matilde, tornata in sé dopo la visione di Emiliano, sgranò gli occhi: “Il segreto quanto fa?” chiese.

“Dipende,” rispose la donna. “È un segreto di famiglia?”

“Non saprei.”

“Se è un segreto di famiglia, allora è trentasette. Sennò è segreto semplice e fa sissantanove. Ve li gioco tutti e due? Ci vogliamo giocare un bel terno, signò? O due biglietti separati? In tal caso, servono altre due lire...”

Matilde afferrò i soldi dalle tasche e le versò sul registro della miserella. "Va bene," disse. "Giocateli entrambi."

La mezzana appuntò i numeri col lapis, poi strappò il biglietto con le mani luride e lo allungò a Matilde: "Quindici, trentasette e sissantanove! E mo jatevenne! Chi è il prossimo?".

Baldassarre Pietrocola, mestiere viceproto e capitano di vascello tipografico, la aspettava sulla bocca del vicolo.

"Signora..."

"Baldassà..."

"Tutto a posto?"

"Tutto a posto."

"Vi posso dire una parola?"

"Certo. Però avviamoci."

Il tipografo arrancò per tenere il passo. Per la prima volta da quando lo conosceva, Matilde si accorse che aveva una lieve zoppia.

"Non ne abbiamo mai parlato, però debbo confessarvi di essere arrajàto con me stesso per aver raccontato al capitano Barbatello del vostro incontro con Montanari quella notte," disse chinando il capo. "Non sapevo di dover mentire a un pubblico ufficiale del Regno, non immaginavo che vi avrei messa nei guai."

"Tranquillo, Baldassà," rispose lei. "Ormai è acqua passata. E poi avete fatto bene: non si mente ai carabinieri."

Come se quelle parole lo avessero guarito, Baldassarre iniziò a camminare con un'andatura meno traballante. "Dunque, donna Matilde, se le cose stanno così," riprese, "potrei considerare estinto almeno il mio debito morale nei vostri confronti? Sapete, una volta sono finito sotto usura ed è stato meno gravoso..."

Matilde si fermò e lo guardò negli occhi. "Di norma, i debiti morali impiegano più di quelli economici a estinguersi nel cuore del creditore," disse.

"Be', dipende dal creditore."

"La moralità, per quanto sia caduta in disgrazia nei nostri tempi," continuò lei, "è l'unico appiglio che ci resta in questo guazzabuglio di miseria, corruzione e denari."

"Avete ragione," replicò Pietrocola. "Ma io con questo peso sul cuore non ci dormo la notte."

"La generosità è la misura di ogni uomo. E tu stasera, accompagnandomi dalla mezzana, ti sei dimostrato generoso," concluse. Ripresero il cammino. Dopo un po', 'a signora disse: "Baldassà, ritieni dunque pure estinto il tuo debito verso di me...".

## 6.
## Ucceldibosco

*Diciannove*

Due volte, pensò Matilde, già due volte le era sfuggito Emiliano Montanari. Volatilizzato come una taccola di Anversa con quel suo paio di occhi celesti che promettevano tempesta tra i cuori infiammabili delle giovani del popolo. Da quel momento in poi, lo avrebbe chiamato Ucceldibosco.

Il figlio della sua amica Annarella si era messo a fare il guappo per qualche tenitore del gioco piccolo di Chiaia? A raccogliere le lire dell'acquavite napoletana in sacchi di tela per conto di una mezzana? Benissimo, facesse pure. Matilde credeva nel libero arbitrio e nel fatto che ciascuno portasse avanti i propri affari nel modo in cui desiderava; credeva anche nella legge, ma quella a Napoli non la rispettava quasi nessuno e di certo non avrebbe imputato a un orfano di vent'anni, senza il becco di un quattrino, la colpa di frodare il governo alimentando l'illegalità. D'altronde, non era il lotto ufficiale un'acquavite somministrata a norma di legge? Non finiva il popolo a indebitarsi con gli usurai, anche se in mano stringeva biglietti certificati da un ufficiale del Regno? La legalità, quando si alimentava della miseria della povera gente, diventava a sua volta illegalità. Perché nessun carabiniere arrestava gli uomini del governo che non si occupavano dei poveri?

Però. Però.

In quella storia c'era un "però" grande quanto la pianta del Real Albergo dei Poveri voluto da Carlo III di Borbone, e lei doveva scoprirlo, *dedurlo* come san Tommaso. Ma prima doveva trovare Emiliano, parlargli, guardarlo negli occhi. Ucceldibosco raccoglieva ogni venerdì i denari delle giocate alla Sanità per consegnarli al suo tenitore di Chiaia? Benissimo. Anzi, malissimo. Eppure, per riuscire in una simile operazione senza finire derubato e assassinato come suo padre in mezzo a una strada, non poteva di certo spostarsi con un sacco di tela, di notte, attraverso i vicoli e i fondaci della Sanità.

No, infatti.

Avrebbe dormito dalla mezzana, sul pavimento, in quel vano minuscolo dove lo aveva intravisto, dedusse Matilde, aggrappato ai quattrini del padrone come una taccola d'Anversa si sarebbe aggrappata ai semi e alle granaglie di un contadino. Forse quei denari che non gli appartenevano, di cui avrebbe incassato una parte piccolissima come ricompensa per averlo custodito, una parte così infima da non riuscire nemmeno a desinare per tutti i giorni della settimana fino al venerdì successivo, erano l'unica cosa rimastagli al mondo per cui avrebbe fatto di tutto, anche dormire sul lurido pavimento di un basso alla Sanità.

Sì, Matilde ne era convinta: Emiliano Montanari dei Ventaglieri, figlio di una donna a servizio morta di stenti e di un socialista sventrato e calpestato dalle vacche, si sarebbe svegliato di buon'ora il sabato mattina, prima dell'estrazione, per raggiungere i giardinetti di piazza Cavour e da lì avrebbe preso il tram a vapore verso piazza Vittoria, dove avrebbe consegnato i soldi destinati ad arricchire il tenitore di Chiaia, la mezzana della Sanità, un poco anche lui, e a impoverire tutti gli altri.

Fu in virtù di questa considerazione che l'indomani, combattiva come una rosa di Gerico, si appostò all'alba nei giardinetti di piazza Cavour, camuffata in uno scialle nero preso in prestito da Checchina.

"A che ora parte la prima tramvia?" aveva chiesto alla governante.

"Non prima delle otto, signò."

Anche se Checchina non l'avrebbe giudicata, a Matilde faceva specie chiederle certe informazioni. Col tempo, a furia di abituarsi alle carrozze, le persone agiate come lei perdevano il contatto con la realtà. Non era nata nell'oro e di certo, da quando Schilizzi non era più il suo editore, procurarsi il denaro per saldare le fatture dell'inchiostro e della carta con cui stampare il giornale costava una fatica immensa, eppure l'aria che circolava nella sua vita di scrittrice diventava sempre più viziata.

Succedeva così: diventavi un'abile cronista perché sapevi raccontare meglio di altri, sui giornali che leggeva l'élite, la realtà di Checchina e di chi ogni giorno aspettava la tramvia. In virtù di questa abilità, la tua posizione sociale cresceva, ma così aumentava anche la distanza dalla quotidianità di tutte le altre persone che non appartenevano all'élite, a poco a poco diventavi tu stessa parte dell'élite, e nulla poteva risolvere questo paradosso se non il tuo tentativo di ricordare ogni giorno quanto fortunata tu fossi a non dover camminare a piedi per miglia e miglia, a non dover lavorare per dodici ore al giorno, a non dover aspettare il tram a vapore sotto la pioggia battente o il sole cocente. Eppure, nonostante provassi a mantenerti fedele all'imperativo di amare e raccontare con umanità il mondo delle persone a cui non appartenevi, la goccia dell'agio scavava tra te e loro un solco sempre più profondo e una vocina dimessa non smetteva di sussurrarti:

*Non sei più quella di una volta, non sei più la Matilde che tutti conoscono, 'a signora se n'è sagliuta 'e capa.*

Così quel sabato mattina, puntuale alle otto, Matilde scese dalla carrozza di Arturo vestita come una popolana a lutto e salì sulla prima vettura che passava da piazza Cavour in direzione di Chiaia. Naturalmente, come previsto, attese che alla fermata si presentasse anche Ucceldibosco con il suo paio di occhi celesti scintillanti.

Un unico particolare non corrispondeva alla deduzione del giorno precedente: Emiliano non trasportava alcun sacco di tela pieno dei soldi del gioco piccolo raccolti dalla mezzana.

Messa all'erta da quel dettaglio, decisa a non farsi sfuggire il ragazzo per la terza volta, Matilde lo controllava con lo sguardo, tenendosi a debita distanza, ma senza mai perdere di vista la coppola di velluto logoro.

D'improvviso, all'altezza della ferrovia, Emiliano scese dal tram. Era la seconda sorpresa del giorno. Non stava andando dal tenitore a Chiaia, rifletté Matilde. Stavolta no, si disse, stavolta, caro Ucceldibosco, non andrai da nessuna parte senza di me.

Così, lesta scese dal tram e con un balzo finì in strada, seguendolo a distanza, sperando di confondersi tra la gente che fin dalla mattina presto affollava il Rettifilo.

Il ragazzo la sorprese ancora, svoltando dietro la basilica di San Pietro ad Aram. Da lì si inoltrò senza tentennamenti nella Duchesca, la zona del Basso Napoli che anche un'esperta della città come lei aveva difficoltà a comprendere, tanto profondi erano il degrado e la vergogna che vi si annidavano nonostante il fiume di soldi spesi dal governo con la Legge Speciale e gli interventi della Società per il Risanamento.

In quei Sette Vicoli – tante erano, come i vizi capitali, le strade cupe e riottose della Duchesca, mai pulite, dove nemmeno una carrozza ci passava e il sudiciume si era incrostato al selciato – chiunque non vi fosse stato di casa avrebbe dovuto muoversi con cautela.

La leggenda, infatti, raccontava che dal putridume custodito gelosamente tra vicolo Cavalcatoio e vicolo Sant'Arcangelo a Baiano, dove le condutture dell'acqua non arrivavano, anni prima era scoppiata l'epidemia di colera che da lì si era diffusa in tutta la città. Quindi, nel tempo si era sedimentata nel popolo l'idea un po' superstiziosa secondo cui provenire dalla Duchesca significava in qualche modo, a prescindere dal contributo reale o meno dato alla diffusione della malattia, essere un appestato, un untore. Di portare quantomeno un po' di seccia, malaugurio.

Questa considerazione aveva attraversato lo spazio e il tempo, infilandosi sottopelle ai napoletani delle classi inferiori ma anche ai più illuminati, e finanche al governo, che niente faceva per migliorare la condizione di chi abitava nei Sette Vicoli. Al contrario. Gli abitanti di quelle strade, i più miserevoli e disperati tra i miserevoli e disperati della città, convinti che fosse giusta l'idea che gli altri avevano di loro, non facevano che confermare quell'idea che si diffondeva di bocca in bocca, in modo che chiunque in città potesse sentirsi migliore e dire della propria condizione, anche la più infausta: "Ah, certo qui non si vive come alla Duchesca..." oppure: "Noi ce la passiamo male, ma avete visto alla Duchesca?".

Persino i vicini abitanti del Lavinaio, la grande fonte alle spalle di via Marina, il ruscello nero, fetido e fangoso fatto di liscivia e saponata lurida, di acqua di maccheroni e minestra, persino loro si sentivano migliori di quelli nei Sette Vicoli e, anzi, sostenevano che a camminare per quei vicoli di notte c'era da "fare il giallo", cioè farsela addosso dalla paura.

Eppure era in quelle strade che Emiliano si stava muovendo con passo sicuro, senza nemmeno guardarsi attorno. Procedeva spedito, facendosi largo tra le catarrose sagome che uscivano dai bassi per esporsi alla luce del giorno, dopo una notte trascorsa a inumidirsi negli stambugi, e alla miscela fetente di acque lerce che imputridivano a cielo aperto, per la via.

Di colpo, Ucceldibosco si fermò davanti a una di quelle case, né più né meno indecorosa delle altre, tirò fuori dalla tasca una chiave e aprì la porta arrugginita. Ecco dov'era finito a vivere il figlio di Annarella!

"Emiliano!" lo chiamò Matilde.

Il ragazzo si voltò. "Chi siete?"

Matilde si tolse lo scialle nero dal capo. Non c'erano domande a cui un ragazzo dalla faccia pulita come lui non avrebbe saputo rispondere per dimostrare di non avere nulla da nascondere, pensò avvicinandosi e osservandolo bene per la prima volta.

"Sono io, non mi riconosci?"

"Io chi?"

"Matilde Serao. Tua madre è stata la migliore amica che abbia mai avuto. Ti ricordi di me, quando venivo a trovarvi ai Ventaglieri? Giocavamo con lo strummolo e alle carte francesi. Ci sono stata l'altro giorno, ma mi hanno detto che non abiti più là."

Emiliano lanciò uno sguardo nella feritoia della porta semiaperta. "Annarella era mia madre, ma io non vi conosco," mormorò. "Non so chi siete."

Sul volto del giovane si era affacciata un'espressione di sorpresa così sincera che Matilde ebbe il dubbio di essersi sbagliata. Era stato tutto un sogno, lei non era mai stata amica di Annarella e non aveva mai conosciuto quel bambino? Non aveva mai nemmeno scritto *Il ventre di Napoli*?

"Ma come?" replicò lei. "La buonanima di tuo padre non ti ha parlato di me prima di andarsene al creatore?"

Il volto di Emiliano fu attraversato da un'ombra. "No," disse lapidario.

Matilde continuò: "Non è con me che avevi appuntamento la settimana scorsa sotto l'arco di Sant'Eligio? Non dovevi passare a prendermi e portarmi da lui?" gli chiese esasperata.

"No, signò," rispose lui, annoiato da quelle domande. "Vi state sbagliando. Non avevamo alcun appuntamento. Ma che andate trovando?"

Chissà perché, pensò Matilde, in tutto quel tempo non aveva mai preso in considerazione l'ipotesi che il ragazzo potesse essere moralmente corrotto. Chissà perché, dal suo punto di vista il figlio di Annarella non poteva essere da meno di lei, eppure non era certo fatto obbligo ai figli avere la stessa tempra dei genitori, soprattutto in tempi che mettevano a dura prova la capacità di porgere l'altra guancia a una vita di privazioni e meschinità. D'altronde, non era Emiliano lo stesso giovane che aveva scelto di diventare il guappo di un tenitore del lotto clandestino, di vivere nell'illegalità e nella violenza?

"Milio..." disse lei in un ultimo disperato tentativo. "Perché non ti confidi con me? Perché non mi dici dove saremmo dovuti andare la notte in cui... in cui tuo padre..."

"Lasciatemi stare!"

Il ragazzo mise un piede dentro casa. Matilde si accorse che aveva entrambe le mani fasciate, una garza ingiallita gli ricopriva le dita. I segni di un incidente, pensò sospettosa, o di una colluttazione. Poi lanciò uno sguardo all'interno dell'abitazione e fu colpita dal fetore di umidità che a malapena avrebbe considerato accettabile negli scantinati di Palazzo Ciccarelli di Cesavolpe.

"Milio..."

"Jatevenne!" gridò il ragazzo. "Lasciatemi in pace!"

Per la prima volta, Matilde scorse nel ragazzo qualcosa di diverso dalla sincera ottusità che finora ne aveva contraddistinto il piglio: un afflato isterico, un fondo di disperazione, un segreto nascosto.

Emiliano stava mentendo, ne era convinta. O, quantomeno, non diceva tutta la verità.

Quale verità? E perché la nascondeva?

Non ci fu tempo di chiederglielo, perché un attimo dopo Ucceldibosco entrò nel basso richiudendosi la porta alle spalle.

*Venti*

Rimasta da sola in quel vicolo miserabile alla Duchesca, Matilde si accorse di un dettaglio che poc'anzi aveva trascurato: gli uomini e le donne appostati sugli usci delle case avevano un altro motivo per starsene all'aria aperta, oltre a dar sollievo ai polmoni ammalorati.

Un manipolo di guappi in abiti scuri e costosi, uguali tra loro e ugualmente privi di eleganza, si aggiravano per strada attaccando bottone con i proprietari dei bassi, mostrando loro dei fogli, invitandoli con ampi gesti a prenderli, farsi un'idea di ciò che veniva rappresentato nei disegni. Quanto a leggerli, né gli uomini in abiti scuri né gli abitanti della Duchesca ne erano capaci.

Questi ultimi, a tal punto derelitti da non immaginare che qualcuno in redingote potesse rivolgere loro la parola, sulle prime rispondevano in tono burbero, schernendo le maniere affettate della squadra di canaglie con le giubbe a due falde aperte sul dietro, tranne poi, poco alla volta, cedere alla curiosità.

A quel punto, il gioco era fatto.

"Guardate qua che bellezza!" dicevano tra loro le donne della Duchesca, traboccanti di entusiasmo, rigirandosi i disegni tra le mani, passandoseli l'una con l'altra.

"Voi dite che queste case saranno pronte presto?"

"Entro un anno al massimo, madama!" rispondevano gli

uomini in redingote. “Le nuove costruzioni a Capodimonte e al Vomero saranno completate tra non molto!”

“Un anno? E ce ne andremo a Capodimonte?”

“A respirare la stessa aria della regina.”

“Alle case del Vomero che aria si respira?”

“Anche migliore, perché la collina è più alta!”

Le donne si scambiavano tra loro sguardi di stupore, stropicciandosi gli occhi per essere certe di non stare sognando.

Matilde si avvicinò al gruppo più nutrito di persone, sistemandosi lo scialle in testa, in ascolto di uno dei bellimbusti che aveva attirato la sua attenzione.

Era il più anziano di tutti, un ceffo corpulento con gli occhi stretti e scuri che, dal modo in cui si comportava, sembrava il capobranco. Due mustacchi lunghi e ispidi gli adornavano le guance, increspati in una sorta di graffio che trasmetteva una certa inquietudine. La vista di quel riccioletto peloso sulla pelle la fece rabbrividire.

Il Baffuto, attorniato da un paio di brutti guappi, prese la parola: “Dopo la firma della nuova Convenzione in discussione al Consiglio comunale...”.

“Tutti cornuti, quelli!” lo interruppe un tizio senza denti dalle retrovie, suscitando l’ilarità generale.

“Shhh!” rispondevano le donne in prima fila, che incoraggiarono l’uomo ad andare avanti.

“Dopo la firma della nuova Convenzione in discussione al Consiglio comunale,” ricominciò il Baffuto, fingendo di ignorare l’uomo che lo aveva interrotto, “le cose miglioreranno per tutti. Si costruiranno altre strade, vi trasferirete a Capodimonte o al Vomero, dove le case sono più dignitose, hanno le fogne e l’acqua corrente.”

“Ci stanno le condutture?”

Una donna nel gruppetto, di quelle che già si vedevano nella casa nuova a respirare la stessa aria della regina, quasi svenne.

“Certo che ci stanno le condutture, madama!” la tranquillizzò il Baffuto. “Condutture grandi così che trasportano l’acqua corrente dal Serino direttamente nelle vostre ciotole!”

Matilde notò che l’uomo reggeva tra le mani i fogli con le piante delle nuove case timbrate con la scritta DE SANCTIS COSTRUZIONI: le tornò in mente la tabella di rame che aveva visto montare dagli operai, sotto lo sguardo compunto del borghese col gibus alla Galleria Umberto I qualche giorno prima.

“Uh, santa Restituta! L’acqua del Serino!”

“E l’acqua ferrigna non ci esce?”

“E la suffregna?”

“Allora perché non fate uscire il vino dalle condutture di Capodimonte?”

“Ci uscirà, ci uscirà! Un giorno ci uscirà pure la vermutta!”

Più le promesse del Baffuto alzavano la posta, passando di bocca in bocca – “Uh, Maronna mia! La fognatura per farci il piscio dentro! Tu hai capito niente? La cacata non ce la dovremo stipare più dentro casa!” –, più sembrava che i vicoli della Duchesca diventassero più larghi, lindi e odorosi.

Una sensazione di biancore improvviso si riversò sui rivoli di acqua nera che attraversavano la strada, un profumo di belle parole che copriva ogni cosa immonda veniva sprigionato dalla bocca del Baffuto.

“Un giorno, quando vi sarete trasferiti nelle case nuove, più nessuno vi guarderà male, nessuno si ricorderà che venivate dalla Duchesca. Mai più! Mai più Duchesca!”

L’eccitazione era massima. Gli abitanti che dapprima si erano mostrati scettici verso gli agenti della De Sanctis adesso scandivano il nuovo motto “Mai-più-Duchesca! Mai-più-Duchesca!” battendo le mani sulle porte mezze scassate dei bassi, scassandole ancora di più.

Il Baffuto, pensò Matilde, stava vendendo a quei miserabili la nuova Chiave dei Sogni. Stavolta non si trattava di numeri del lotto, di impegnarsi gli abiti nuziali e l'argenteria per acquistare qualche biglietto da due lire. No, si disse, stavolta per aprire lo scrigno dentro cui era custodita la felicità bisognava impegnarsi l'ultimo bene che quelle persone ancora possedevano: la casa.

Bisognava, infatti, che vendessero i loro bassi alla De Sanctis Costruzioni, se volevano accedere al diritto di prelazione sui nuovi immobili che, dopo il rinnovo della Convenzione, la Società per il Risanamento avrebbe permesso di costruire.

"Entro un anno, madamine belle," ripeté ancora una volta il Baffuto serrando gli occhi. "Entro un anno avrete le vostre nuove, comode case con le fognature e le condutture dell'acqua. Prima, però, in quanto proprietari di immobili dovete aderire all'esproprio..."

"Se, se. Come no!" disse una voce nel gruppetto.

D'improvviso calò il silenzio.

"Prego?" chiese il Baffuto. Ormai credeva di avere in pugno gli abitanti della Duchesca e non si aspettava quel contraddittorio.

Tutti si girarono verso Matilde, la sconosciuta con lo scialle nero.

"Voi, signora bella," continuò in tono arrogante l'uomo, "esprimete pure i vostri dubbi, d'altronde siamo qui per questo."

Matilde si fece largo tra la folla. "Niente... mi chiedevo..." balbettò. "E i nostri bassi? Dopo che li avremo venduti, che fine faranno?"

Il Baffuto si morse le labbra. "Saranno abbattuti!" disse.

"Saranno abbattuti? Tutto qui?"

All'improvviso, le maniere garbate dell'uomo tradirono un istinto opposto. Qualcosa di indicibile e primordiale affiorò nel suo sguardo da furbone. Fu un lampo. Il tempo necessario a chiarire a Matilde e a chiunque altro avesse messo in dubbio le sue parole che non ci sarebbe stata una seconda occasione. Nessuno sarebbe uscito salvo dai Sette Vicoli della Duchesca, se lui e i suoi guappi in abito scuro non lo avessero deciso. Aderire all'esproprio, in realtà, significava sottomettersi alla De Sanctis Costruzioni di propria volontà per non farsi scannare. Quegli uomini in abito scuro non erano normali impiegati di un'azienda che costruiva palazzi, ma camorristi al soldo degli speculatori.

"Tutto qui, madama," disse il Baffuto. Tornò mansueto. "Saranno abbattuti per completare l'opera di risanamento iniziata col Rettifilo."

*Ventuno*

Mentre il Baffuto teneva banco, mostrando i fogli con le piante delle nuove case in collina, Matilde allungò lo sguardo verso l'altro lato della strada: Emiliano stava uscendo dal basso, avviandosi alla chetichella in direzione del Rettifilo.

Non ci pensò due volte. Abbandonò il gruppetto di abitanti della Duchesca alle prese con la nuova Chiave dei Sogni e si rimise alle calcagna di Ucceldibosco.

"Emiliano!" provò a chiamarlo, ma la voce le uscì tenue e morbida e si disperse nel marasma che a quell'ora affollava la via. Il ragazzo continuò senza accorgersi di nulla.

Doveva parlargli, rifletté Matilde, offrirgli un'altra occasione per dire ciò che sapeva, fargli capire in un modo o nell'altro che lei era la sua ultima possibilità prima del capitano Barbatello. L'eroe del Cavone non era uno dai modi teneri, soprattutto quando riteneva di avere davanti un teppistello da quattro soldi.

D'improvviso il ragazzo fu inghiottito in un vicoletto quasi invisibile che si apriva come uno squarcio sul Rettifilo. Se non lo avesse visto infilarcisi dentro con i propri occhi, Matilde non avrebbe mai scorto in quel punto l'esistenza di una stradina secondaria, nascosta da un mucchio di assi di legno. Scivolò anche lei dietro quella specie di paravento e in un attimo fu catapultata dentro le viscere di un mondo nuovo, più oscuro e freddo, dominato da una malerba che cresceva ovunque.

Il dedalo di viuzze si fece più stretto e intricato che alla Duchesca. Le strade erano meno luride, per il semplice fatto che erano deserte: una passerella di spettri in cui stava sprofondando con lugubre curiosità. Una coltre di silenzio cadde senza preavviso, mentre Matilde passava davanti a tutte le vecchie case alte e prepotenti del Basso Porto, ormai abbandonate e in piedi solo per miracolo. Qua e là, ogni tanto appoggiandosi a qualche rozza ringhiera, guardava giù buttando l'occhio nelle voragini che si aprivano sulla strada, un tempo scantinati o pozzi.

Per non farsi scoprire, a ogni angolo contava fino a tre prima di svoltare, cosicché quando perdeva il contatto con il ragazzo temeva sempre che si fosse volatilizzato. Uccelldibosco procedeva attraverso scalette di legno improvvisate, rampe a scaglioni, discese ripide e sdrucciolevoli, voltandosi di tanto in tanto per accertarsi di non essere seguito, finché giunse in un vicolo ancor più striminzito e asfissiante degli altri. A malapena c'entrava un essere umano per volta.

All'ingresso di quella cupa, in fondo a cui si ergeva una parete di tufo che non lasciava immaginare uscite, Matilde si bloccò. Un terribile presagio si affacciò in mezzo ai suoi pensieri. Cosa le avrebbe suggerito di fare il maestro Gandolin?

"Serao," le avrebbe detto il vecchio maestro con i suoi modi pacati. "Tuo padre si chiama Francesco Serao ed è un patriota. Sei nata esule, in Grecia. Hai lavorato da telegrafista alle poste, hai conosciuto la fatica e la fame. Sei stata la prima donna in Italia a guadagnarsi da vivere in un giornale. La prima a fondarne uno, la prima a dirigerlo, anche se non ufficialmente. Hai sempre saputo cosa fare e lo saprai anche adesso. Non immagini perché? Te lo spiego io: per quanta paura tu possa avere di entrare lì dentro, sai che lo farai, perché varcare i confini in apparenza insuperabili è una prerogativa del tuo mestiere. Che tu lo voglia o meno, Serao, sei il mestiere che fai, sei una giornalista. Una scrittrice."

Nel momento in cui Matilde toccò la parete di tufo con la mano, le sembrò che il gelo della morte la agguantasse. Una colonia di scarafaggi si muoveva in verticale, arrampicandosi verso la superficie. Andò avanti tra inquietanti squittii di topi e sibili di serpenti, finché la cava non si aprì in uno squarcio profondo e allora, percependo la presenza di Emiliano, si sporse piano in avanti per vedere.

Ucceldibosco era acquattato dentro l'anfratto, dando le spalle all'ingresso. Sulle prime, nel vederlo sfregare vigorosamente il selciato con uno strofinaccio che intingeva ogni tanto in una mummarella di creta che si era messo a lato, Matilde non capì cosa stesse lavando.

Poi, d'improvviso, l'illuminazione: solo pensarla, la sconvolse.

Era sangue.

Si raggelò, senza smettere di guardare.

Ripensò al vivace scugnizzo dagli occhi celesti che solo pochi anni prima, quando Annarella era ancora viva, le ronzava intorno con lo strummolo e la supplicava di giocare insieme. Quel bambino che un tempo lasciava dietro di sé una scia luminosa ovunque posasse lo sguardo non esisteva più. Dietro gli occhi azzurri da taccola di Anversa, adesso c'era il fantasma di un corvo nero e famelico che si lanciava sui resti di ciò che era stato vita per lavarne ogni traccia.

Era un pensiero così triste, si disse Matilde in preda allo sconforto, erano parole così difficili da pronunciare, eppure bisognava farlo: era stato lui, Emiliano, a uccidere suo padre.

# 7.
# L'amore è una sfogliatella

## *Ventidue*

Gli alamari sulla divisa del capitano Barbatello risplendevano al sole come foglie argentate. Quel vezzo, secondo Matilde, non deponeva a favore dell'eroe del Cavone: quanto ci si poteva fidare di un carabiniere che trascorreva più tempo a lucidare le decorazioni che a perseguire i reati?

"Suvvia, signora Scarfoglio..." Barbatello superò il gradino che divideva gli uffici della caserma dalla volta principale del chiostro. "Credete davvero che il delitto Montanari possa essere un caso di parricidio?"

"Ahimè, temo lo sia," rispose Matilde. Aveva il cuore spezzato e gli occhi gonfi per la notte trascorsa insonne a meditare. Compiere quel passo, confessando i suoi sospetti al capitano, le era costato una sofferenza inaudita. Eppure, cosa avrebbe dovuto fare? Fingere di non aver visto Emiliano lavare le macchie di sangue in quel vicolo del Rettifilo?

"A me pare, invece..." continuò Barbatello imboccando il vialetto del chiostro lastricato con i mattoni che separava i quadrati d'erba adornati da alberi di limone e piante di timo, "che un padre sventrato dal figlio, come idea, è una di quelle storie buone a far vendere molte copie."

"Che cosa volete insinuare?" replicò Matilde.

Il capitano sorrise. “Niente, niente. È che non condivido l’ipotesi del parricidio.”

“Allora come vi spiegate le macchie di sangue?”

“Innanzitutto, siete certa che fosse sangue?”

’A signora nicchiò. Per quanto ne fosse convinta, non avrebbe potuto metterci le mani sul fuoco. “D’altro canto,” chiese, “perché un uomo appena diventato orfano dovrebbe ripulire, lontano da occhi indiscreti, un pezzo di strada deserta?”

“Questo è vero,” concordò il capitano. “Ma non immagineresti quante volte, in tribunale, quelle che sembravano macchie di sangue rappreso si sono dimostrate tutt’altro.”

“Bisognerebbe verificarlo,” disse Matilde. “È per questo che la Casa Reale ha installato una caserma in ogni comune del Regno. Per assicurare l’ordine e la giustizia.”

“Le verifiche costano, signora Scarfoglio.”

“Anche la verità, eppure è necessaria, a qualsiasi prezzo.”

“Chi vi dice che non la conosciamo già?”

“Ah, certo... adesso voi state perseguendo la pista dell’omicidio politico. Come se ad assassinare un socialista possa essere stato soltanto un altro socialista.” Matilde scosse la testa, sarcastica.

“Non è detto, ma è probabile.”

Barbatello digrignò i denti. L’idea che in caserma ci fosse una talpa non lo faceva dormire la notte.

“Molto più che probabile!” alzò di un’ottava la voce Matilde. “Di sicuro, il responsabile del delitto sarà un compagno di partito col quale Montanari aveva avuto delle divergenze relative alla concezione del materialismo storico!” continuò in tono canzonatorio. “Oppure un altro calzolaio che non condivideva appieno il progetto della dittatura del proletariato!”

“I socialisti sono teste calde, si accendono per un nonnulla," replicò il carabiniere. "Anche per cose impossibili da realizzare nel nostro Paese, come la distortura del proletariato."

"Dittatura."

"Dittatura, distortura. Quel che è. I socialisti le perseguono entrambe."

Matilde sbuffò. "L'omicidio di un socialista per mano di un altro socialista è l'ipotesi perfetta, vero? Con un solo reato, i carabinieri si libererebbero di due nemici. L'apoteosi per reazionari, cattolici e liberali!"

"Vostro marito non è liberale? Voi non siete cattolica e reazionaria?" replicò il commissario. "Il vostro giornale non appoggia Giolitti?"

"Il mio giornale," disse seccata lei, "appoggia la verità. E non lo fa per rovesciare l'ordine sociale, come temete, ma per rafforzarlo. Uno Stato che voglia mostrarsi credibile agli occhi dei sudditi ha solo da guadagnare nel rendere giustizia all'assassinio di un uomo, quali che siano le sue idee politiche."

Matilde capì che stavano arrivando al punto di rottura.

Barbatello si schiarì la voce. "Non vi avevo già detto di tenervi lontana dalle indagini?" disse freddamente. "Con voi sto pazientando fin troppo, ma non dovete tirare la corda. Dopo l'ultimo articolo che avete scritto, avrei dovuto far sequestrare il giornale..."

"Sono venuta a riferirvi i miei sospetti. Immaginerete quanta fatica mi costi, sapete quanto ero legata alla mamma del ragazzo. E volevo bene anche alla povera vittima."

Le parole di Matilde caddero nel vuoto, il capitano proseguì la passeggiata. L'indifferenza di Barbatello per la morte di Carlo, la sua maniera cinica ed equidistante di disquisire dei delitti, di ogni delitto, le mettevano addosso una gran tristezza. Tutto diventa abitudine per l'animo umano, anche la violenza. Anche la morte.

"C'è un ulteriore elemento da considerare, il quale credo

metterà fine a ogni vostra fantasticheria," disse il carabiniere. "Con la speranza che vi possiate acquietare e che lasciate fare ai miei uomini al lavoro sul caso."

"E sarebbe?"

Come due monaci in preghiera, girarono attorno al punto centrale del chiostro, dove faceva bella mostra un pozzo circondato da vasi di giunchiglie e giacinti. Meno di cento anni addietro, prima della Rivoluzione Partenopea, quel luogo era stato un monastero che ospitava le novizie appartenenti alle famiglie della nobiltà. Col Regno d'Italia si era trasformato nella caserma più importante di Napoli, incarnazione del nuovo potere che, come tutti i poteri costituiti, non godeva di grande stima tra i napoletani. Barbatello non era cattivo né stupido, era la divisa che indossava a non esercitare fascino sui suoi concittadini.

"Il corpo di Montanari è stato ritrovato ai Ventaglieri, ma le macchie di sangue di cui parlate si trovano alle spalle del Rettifilo, cioè a tre, quattro miglia di distanza. Nella vostra ipotesi, ciò significherebbe che il delitto sarebbe stato consumato da una parte, dopodiché qualcuno avrebbe spostato il cadavere altrove."

"L'assassino avrebbe potuto farlo."

"Avrebbe potuto," confermò Barbatello. "Ma non a Napoli. Questa città non dorme mai, ed è piena di pettegoli. Un carico così ingombrante non passerebbe inosservato nemmeno di notte... No, non ha senso. E poi perché spostare il corpo?"

"Forse perché Emiliano Montanari sapeva di poter diventare un sospettato, se il corpo di suo padre fosse stato rinvenuto non lontano dalla Duchesca, dove oggi vive."

Il capitano allargò le braccia. "Non saprei. A quanto mi riferite, la cava dove il ragazzo stava lavando via qualcosa che somigliava a sangue si trova in un anfratto remoto, di lì non passa mai nessuno. Se dovessi nascondere un cadavere, preferirei lasciarlo lì e non correre il rischio di trasportarlo fino ai Ventaglieri."

In effetti, convenne Matilde, non aveva senso. E poi qual era il movente? Perché Emiliano avrebbe dovuto assassinare il suo stesso padre, per giunta trascinandone il corpo in giro per la città? D'altro canto, il medico forense aveva scritto nella sua perizia che i segni di colluttazione o di trauma significavano che il corpo era stato sbattuto a terra, circostanza compatibile con lo spostamento.

La domanda, quindi, era: come riuscire a dimostrarlo?

"Adesso devo salutarla," la liquidò il capitano, battendo i tacchi. "Buona giornata, signora Scarfoglio."

Si avviò all'interno della caserma, mentre i luccicanti alamari sulla divisa riflettevano i raggi solari in ogni direzione, anche nei pensierosi occhi di Matilde.

## *Ventitré*

E

F P

T O Z

L P E D

P E C F D

E D F C Z P

…

…

E poi, il nulla.

La tavola optometrica che aveva davanti era un insieme di macchie indecifrabili, lettere più piccole di quelle nei fogli di computisteria che usava per contare le parole di una novella, quando scriveva a mano in caratteri minuscoli ingabbiati, pressati e agglomerati come le cose e gli uomini che si accalcavano nelle viscere della città.

"Niente. Non vedo più niente."

"Mmm... No bueno!"

Il dottor don Antonio Rivera, professore pareggiato in Oftalmoiatria e Clinica Chirurgica presso l'Università Federico II, un pelatone originario delle Asturie e oculista della Napoli bene, che riceveva nel suo studio di Palazzo Capone, in via Santa Brigida, spostava una lente e poi l'altra, la rimetteva a destra e la toglieva a sinistra, la rimetteva a sinistra e la toglieva a destra; le toglieva entrambe, poi le rimetteva, ne cambiava una, due, tre, eppure il risultato era sempre lo stesso: la miopia di Matilde peggiorava.

"Vedi qualcosa, Matilde?"

"Una schifezza. Quella è una P?"

"È una F."

"Vabbè, quasi. Una F è una P che non ce l'ha fatta a chiudersi."

Rivera scoppiò a ridere: "Eres demasiado fuerte, Chiquita!" Tra i tanti pseudonimi della scrittrice, aveva scelto di usare quello che gli suonava più familiare. "Sei troppo forte!"

"Eh, fortissima."

Rivera la rincuorò: "Non ti abbattere! La scienza oculistica sta facendo passi da gigante. Adelante! Chi immaginava, fino a pochi decenni fa, che avremmo avuto un oftalmoscopio per osservare le lesioni della retina? Chiquita, hai idea di quante persone salveremo dalla cecità grazie a questo strumento?".

"C!" sobbalzò Matilde.

"D," la corresse il dottore. "Lo siento."

"Tranquillo, dottò."

Rivera tirò fuori delle matasse di lana colorata e le passò in rassegna: "Questa?".

"Verde."

"Quest'altra?"

"Rossa."

"E questa?"
"Vinaccia."
"Mmm... magenta," disse l'oculista. "Anche se qui direi che siamo più nel campo della disputa filosofica che dell'oftalmoiatria. Sui colori, mucho mejor, Chiquita..."
"Menomale."
"La miopia, invece, me preocúpa," continuò don Antonio. "È come se l'acutezza visiva, la capacità del tuo occhio di percepire i dettagli più fini degli oggetti osservati, avesse un desequilibrio. A volte, per vedere, devi avvicinarti troppo. Altre, sei costretta ad allontanarti. Ma i dettagli puoi coglierli solo se sei in equilibrio. Entendiste?"
"Sì, entiendo, dottò."
Anche se il dottor Rivera non poteva immaginarlo, la sua diagnosi corrispondeva a quella che Matilde si era fatta da sola: non riusciva a focalizzare.
La miopia degli occhi era soltanto un riflesso di quella che aveva nella testa, nel cuore e nelle dita. Come per il delitto Montanari. Da un lato si avvicinava ai dettagli dell'omicidio per coglierne le sfumature più impercettibili, dall'altro se ne allontanava per averne un'idea di insieme: in questo movimento continuo tra ciò che era vicino e ciò che era distante, la sua capacità di comprensione dei fatti perdeva equilibrio e il suo sguardo era fuori fuoco.
Il dubbio che qualcuno, dopo aver sventrato il *camarade* Carlo Montanari nei vicoli del Rettifilo, lo avesse spostato ai Ventaglieri non smetteva di tormentarla. Se il capitano Barbatello avesse avuto ragione e si fosse trattato di un complotto? Magari una disputa tra compagni del Fascio o una controversia di potere al Comitato operaio. In effetti, una congiura politica presupponeva la partecipazione di più persone al delitto, il che rendeva plausibile l'ipotesi dello spostamento del corpo.

"Chiquita, me estás escuchando?"

Il dottor Rivera la fissava.

"Sì, dottò, vi ascolto," rispose Matilde. "Mi dovete scusare. Stavamo dicendo che i dettagli di un oggetto nascono dall'equilibrio della vista..."

"Exactamente!" esclamò l'oculista.

"Adesso me ne posso andare?"

"Sì, puoi. Prima, però, toglimi una curiosidad." Il dottore afferrò le lenti sulla scrivania e, dopo un rapido controllo, le richiuse. "Queste non sono le lenti che indossavi l'ultima volta, vero?"

"Eh, no," rispose lei distratta. "Le perdo sempre, ho dovuto rifarle."

"Mmm..." mugugnò don Antonio Rivera. "Esta bien, cerca di non dimenticarle in giro. È un peccato spendere il dinero in lenti nuove." Gliele restituì. "Ai miei pazienti, di solito, consiglio di mettere una cordicella per tenerle sempre al collo..."

"Una che?"

Matilde scrutò il dottor Rivera con un'intensità tale da imbarazzarlo. "Una cordicella," rispose perplesso. "Una cadena," aggiunse, come se ripetendolo in spagnolo potesse farsi comprendere meglio.

Una cordicella! Come non averci pensato prima? Matilde ripensò alla sera in cui, da Pietro il pizzaiolo, Montanari le aveva mostrato la cordicella che anni addietro lei stessa aveva regalato ad Annarella e su cui la sua amica, prima di farne dono al marito, aveva fatto incidere la scritta: *Non ti scordar di me*.

Una cordicella. Ecco il dettaglio che fino a quel momento non le aveva permesso di focalizzare il delitto. Dov'era finita la cordicella che Carlo aveva al collo? Era stata rinvenuta nel vicolo? Quando si era recata alla morgue di via Anticaglia aveva osservato il corpo nudo, aperto e ricucito di Montanari, ma nella documentazione non si menzionavano oggetti personali.

"Devo andare," disse Matilde, alzandosi come tarantolata dalla seggiola in cui era sprofondata. "Grazie di tutto, siete stato preziosissimo!" Si avvicinò alla pelata dell'oculista e, in preda all'eccitazione per quella epifania, gli stampò sopra un bacio. "Ci vediamo, dottò!"

Mentre Matilde usciva dallo studio, precipitandosi per la tromba delle scale con una furia mai vista prima su quei marmi, don Antonio Rivera, professore pareggiato in Oftalmoiatria e Clinica Chirurgica, di nobile famiglia asturiana, con la voce strozzata in gola dalla inattesa manifestazione di affetto, sussurrò: "Hasta luego, Chiquita...".

## *Ventiquattro*

Un ciclone si abbatté al primo piano del civico 7 in vico rotto San Carlo. A quell'ora del pomeriggio, la redazione fu svegliata di soprassalto dalla siesta postprandiale dal vocione d'a signora che gridava: "Scalingeeer!".

Il caporedattore, abituato alle frequenti lavate di capo che gli piombavano addosso quando molte "e" si aggiungevano al suo cognome, attraversò svelto i corridoi che portavano nell'ufficio dell'amata. Persino ricevere una ramanzina da lei, pensò nell'attimo in cui varcava l'ingresso, lo faceva sentire in preda a un'estasi sentimentale.

"Buon pomeriggio, donna Matilde. Mi cercavate?"

"Chiudi la porta."

Scalinger obbedì. Un brivido gli attraversò ogni singola vertebra, accendendolo come un lampione di piazza Municipio quando al crepuscolo tutta la piazza all'improvviso diventava una festa.

Matilde disse: “Ecco la mia nuova intuizione. L’ho appena avuta dall’oculista...”.

Gli riferì in gran segreto la sua idea, poi chiese al caporedattore il favore di chiedere “aumm aumm” al suo contatto nella caserma Pastrengo l’elenco dei reperti rinvenuti sulla scena del ritrovamento.

“E se andassimo a cercare nella cava dove avete visto il figlio di Montanari e dove forse è stato consumato il delitto? La cordicella potrebbe essere lì,” suggerì lui.

“Emiliano è solo un ragazzo, ma non un cretino. Se fosse l’assassino, non lascerebbe in giro prove così schiaccianti.”

“C’è un’altra possibilità,” replicò Scalinger.

“Quale?”

“La cordicella potrebbe essere stata trovata nel basso ai Ventaglieri, quando i carabinieri sono entrati per la perquisizione.”

“Non credo che Carlo uscisse di casa senza, comunque bravo, Scalinger, chiedi anche questo al tuo spione.”

Dopo quel “bravo”, i lampioni accesi nella schiena di Scalinger passarono a due.

“Adesso scusami, Giulietto, ma ti devo lasciare. Ho un appuntamento con Lenor. Ci vediamo più tardi: abbiamo pur sempre un giornale da chiudere, o no?”

All’idea che l’avrebbe rivista di lì a poche ore, il caporedattore uscì dalla stanza col cuore incendiato più del campanile di piazza del Carmine il sedici luglio, quando i napoletani accendono una messa di fuochi d’artificio, simulando un incendio da spegnere all’arrivo del quadro della Vergine.

Mamma mia, pensò. Come mi sbatte ’o core...

Nei corridoi incontrò Teresella, che stava lavando a terra.

“’A signora ha avuto la focalizzazione?” chiese la donna a servizio.

Scalinger la fissò con lo sguardo sorridente, reso ottuso dall’amore. “Una specie,” mormorò. “Una specie...”

Più tardi, mentre Matilde usciva dalla redazione per lanciarsi nel limaccioso fiume di persone che scendeva via Roma, la voce si era già diffusa grazie a Teresella in ogni angolo della redazione, e di lì fino alla tipografia dove il viceproto Baldassarre e Ninuccio il compositore stavano preparando i cliché.

"Ha avuto la focalizzazione?" chiese Ninuccio.

"Una specie," rispose Baldassarre.

"Che vuol dire? L'ha avuta o non l'ha avuta?"

"E io che ne so, munacié? Fatti i fatti tuoi e camperai cent'anni."

Poco dopo, la risata della signora riecheggiava a un tavolino esterno della vecchia Pasticceria Fragalà, sotto gli archi di tufo in via dei Tribunali.

"Un'altra sfogliatella, Lenor?"

"Per carità, Matildella. Tu mi vuoi morta. Dopo questa abbuffata, potrò tornare sulle scene tra un anno, se non di più. Per concludere il pomeriggio, direi che basterà uno spumone."

"Hai detto niente!"

Matilde addentò la sfogliatella senza smettere di respirare, e tutto lo zucchero le finì in faccia.

Lenor sorrise. "Non so perché, quando vengo in questa città smarrisco ogni inibizione. Come fate a mangiare così tanto? E a friggere qualsiasi cibo?"

"Essere napoletani," rispose Matilde a bocca piena, "significa sopravvivere a tutto, anche ai piaceri della vita."

"Garzone!" chiamò Lenor sporgendosi in avanti per richiamare l'attenzione di uno dei ragazzi che a quell'ora del pomeriggio si improvvisavano camerieri.

Era difficile ottenerla. A maggior ragione per qualcuno che non fosse del posto e usasse maniere troppo educate.

Anche se Eleonora Duse non fosse stata la più grande attrice della Belle Époque, dunque poco adatta a misurarsi con i modi villani della plebaglia, lo sciamare continuo dei clienti in pasticceria aveva reso impossibile notare le due figure eleganti e distinte appartate in un angolo del porticato, vicino al banchetto di un pescivendolo che gridava il prezzo del tonno a ventisei soldi. Lo spazio del tavolo era piccolo e angusto, il tufo degli archi sempre rovente per le pareti adiacenti alla fornacella del laboratorio.

"Giusto per essere chiare, Matildella. Perché quando vengo a trovarti mi porti sempre qui a sbafare dolci e non nei caffè di via Roma, da Caflisch o da Van Bol, o almeno da Pintauro, dove non c'è olezzo di pesce declinato e i garzoni conoscono il significato della parola 'garzone'?"

Matilde passò la punta del dito nello zucchero rimasto sul fondo del piatto e se lo leccò. "Perché qui ai Tribunali la mia voce non desta scalpore," rispose. "Nessuno si offende per la risata grassa né per l'ingordigia di dolci squisiti. E perché tu, Divina, sei la migliore amica che ho e ai miei più cari amici propongo sempre il meglio. Guagliò!" urlò incenerendo un garzone con le mani occupate da un vassoio di ciambellette. "Porta uno spumone crema e cioccolatte per la signora e altre due sfogliatelle con la nuova ricetta per me."

Il garzone annuì e poi disse in tono affettato, come se recitasse una battuta imparata a memoria di cui non aveva afferrato il senso: "Voglio comunicarvi, su espressa indicazione del signor Fragalà, che la ricetta della nuova sfogliatella ha trovato un nome".

"E sarebbe?"

"Frolla."

Matilde accolse la novità con una discreta dose di indifferenza. "Frolla," mormorò tra sé e sé. "Benissimo, guagliò. Dici a Fragalà che la sfogliatella può chiamarla come gli pare, basta che resti squisita come questa che ho appena finito e come le prossime che ho intenzione di mangiare."

"Va buono, signora. Riferirò."

Il garzone si allontanò e sotto gli archi di tufo cadde, imprevisto e quasi miracoloso, il silenzio.

"Però potevi dirmelo che bastava chiamarlo 'guaglione' per farlo venire," la rimproverò Lenor.

"Guagliò. Non guaglione," replicò Matilde. "Se dici guaglione, capirà che non sei di Napoli e penserà che lo vuoi prendere in giro. Lo spumone ti verrà servito, certamente, ma non solo con crema e cioccolatte, anche con la sputazza del suddetto guaglione dentro..."

"Madonnina mia, siete matti!"

"Vai, ritenta."

"Guagliò," disse Lenor, con la *o* finale troppo aperta.

"Più o meno, ma ancora non ci siamo. Guagliò."

"Guagliò," ripeté la Duse ancora lontana dalla meta.

"Lo devi dire in modo affilato, rapido, aggressivo. La parola ti deve uscire come se con una lama stessi tagliando in due perfette metà una patata caduta dal primo piano prima che tocchi terra."

"Tutta questa recitazione per una sola parola?"

"Eh, non hai idea. A Napoli recitiamo ogni lemma del vocabolario."

Il garzone arrivò con lo spumone e le sfogliatelle. Matilde lo rimproverò: "Finalmente! Ma è possibile che in questa città non si riesca mai a ottenere niente per tempo?".

Il ragazzo, stanco per il lavoro e le mortificazioni subite dai clienti, se ne andò senza dire una parola. Poco dopo, dalla imbrogliata matassa di suoni nella pasticceria, si levò una pernacchia che il guagliò le aveva dedicato. Le due amiche risero a più non posso per quell'atto di ribellione.

"Veniamo a questioni più serie," cambiò argomento Lenor quando si furono riprese. L'abito scollato, su cui spiccava una collana ricchissima, e le spalle strette contribuivano a slanciarne la figura. Un fermaglio placcato d'argento a forma d'aquila adornava i suoi folti capelli neri. "Quel belloccio che incontrammo l'ultima volta dall'antiquario Herling," continuò, "lo hai più rivisto?"

Matilde quasi si strozzò con un pezzo di sfogliatella. "Perché avrei dovuto?"

"Ho sentito dire che di mestiere fa il poeta, ma non disdegna il giornalismo."

"Hai sentito dire?" chiese Matilde sospettosa. "Mentre ti trovavi fuori città in palcoscenico a interpretare Ibsen?"

"Vuoi sapere come si chiama?"

"Smettila!"

"Allora vorrai sapere la sua età: ventinove anni. Soltanto sette meno di te. Un'inezia. Appena due in più di quelli tra me e D'Annunzio..."

"Uh, Madonna della Nera! Persino l'età! Che cosa mi nascondi, amica mia?"

"Matildella," il tono di Lenor adesso era quello paziente che si usa con i bambini capricciosi, "ciò che ti nascondo è molto meno di quanto tu non nasconda a te stessa."

"Lenor, mi stai agitando. Anzi, sono già ufficialmente agitata. Non lo senti questo caldo? Sotto a questi porticati si muore."

Si fece vento con le mani.

"Belloccio è belloccio," sospirò Lenor con aria da sciantosa. "A me è parso che dall'antiquario vi siate scambiati occhiate dolci, molto dolci... Più di questo spumone!"

"Occhi dolci? Io?"

Le guance di Matilde si erano tinte di rosso come non succedeva da secoli, dalla vacanza a Francavilla in cui aveva ceduto alla corte di Scarfoglio. "Amica mia, ti sbagli. Sono una donna sposata. Infelicemente sposata, ma pur sempre impossibilitata a distribuire occhiate dolci in giro. Quella fase della vita è chiusa, non sono come te, e poi non avrei il tempo materiale per occuparmene..."

"C'è sempre tempo per fare gli occhi dolci a qualcuno." Lenor sospirò ancora e appoggiò il cucchiaino sul piatto con delicatezza. "Be'," continuò, "a ogni buon conto, lui a te gli occhi dolci li ha fatti allora. E te li sta facendo pure adesso."

"Adesso?"

Matilde si irrigidì. Ma le spuntò un sorriso sul viso paffuto e d'istinto si ravviò i capelli spettinati.

"Sì, adesso," ribadì Lenor facendo un cenno in direzione della vetrinetta di Fragalà che occupava quasi l'intera bottega, ricolma di ancinetti, sfogliatelle, bignè, quaresimali e sosamielli.

Matilde si girò. Più timorosa della volta in cui, per farla stare buona, sua madre le aveva detto che nella stanza accanto c'era il gatto mammone, pronto a portarsela via.

## *Ventisei*

Il gatto mammone aveva un nome: "Giobbe. Mario Giobbe," disse. "Lieto di incontrarvi di nuovo."

"Piacere, Matilde Serao," rispose lei simulando un certo distacco.

Con movenze feline, il poeta Mario Giobbe scivolò sulla seggiola lasciata libera da Lenor.

"Perdonami, Matildella, devo andare," aveva detto l'amica poco prima. "Ho un appuntamento al Fiorentini, mi attende un manipolo di impresari napoletani desiderosi di sfinirmi in una tournée che si preannuncia da tregenda. Temo che tra loro ci sia anche un lontano parente di Cafiero..."

"Sta' attenta, Lenor."

"Sta' attenta anche tu, ma senza esagerare," le aveva risposto Eleonora strizzando un occhio. Poi, ammiccando al pizzetto alla D'Artagnan di Mario Giobbe che incombeva verso il tavolo, aveva aggiunto: "Ci vediamo alla festa per il principe a Capodimonte".

"Mi raccomando, non presentarti in un abito più elegante di quello della regina!"

Adesso eccoli.

Matilde Serao e Mario Giobbe seduti al tavolo più appartato della vecchia Pasticceria Fragalà, sotto gli archi di via dei Tribunali, lontani dagli occhi indiscreti dell'alta società e vicini al banchetto del pescivendolo – forse troppo, a giudicare dall'olezzo –, dove in meno di un'ora il prezzo del tonno era calato da ventisei a diciotto soldi.

Matilde sorrise. "Che faccia tosta, Lenor!" esclamò.

"A quanto pare," disse il poeta, "siamo entrambi vittime di un'imboscata da parte della Duse. Ne sono lusingato. Non capita tutti i giorni di essere preso per il naso dalla più grande attrice del mondo."

"Se posso essere indiscreta, con quale scusa vi ha convinto a presentarvi?" chiese lei. Era da tempo che non faceva la smorfiosa, non ricordava nemmeno come si potesse riuscire a sedurre un uomo. Doveva tenere la maschera o essere se stessa? Recitare un copione o rilassarsi in sincerità? Che fatica gli uomini! Che fatica le donne!

"L'altro giorno ho ricevuto un messaggio in cui mi chiedeva di incontrarci per discutere di un futuro spettacolo teatrale," rispose Mario. "In realtà, non ho mai creduto alla possibilità di lavorare per la Duse. Tutti sanno che i poeti in grado di scrivere per la Divina non mancano..."

"Eh, già," convenne Matilde. Sgranò gli occhi per scrutare meglio Mario Giobbe. Era un bell'uomo, esile ma forte, giovane e dall'aria saggia. "Perché ho la sensazione di avervi già incontrato?" gli chiese, più maliziosa di quanto avrebbe desiderato. "Prima del nostro incontro da Herling, intendo."

"Davvero non vi ricordate di me? L'altro giorno ero convinto che mi aveste riconosciuto."

"Avrei dovuto? Ohibò, chiedo venia."

Mario accavallò le gambe, mostrando un'eleganza in disaccordo con i pantaloni consunti e schiariti dal troppo uso.

"Da ragazzi, quando abitavate a Montecalvario, qualche volta abbiamo giocato assieme."

"Veramente?" chiese Matilde sorpresa.

Mario annuì. "Dopo il rimpatrio dall'esilio e poi da Ventaroli," proseguì, "la vostra famiglia trovò casa in via Taverna Penta, accanto al palazzo in cui i Giobbe abitavano da tre generazioni."

"Quindi vi ricorderete di mia madre?"

"Certo! La signora Paolina è stata la mia insegnante di ripetizioni alla scuola obbligatoria. Ho ancora con me il pennino che mi regalò quando fummo costretti a lasciare casa..."

Matilde si illuminò. "Mia madre amava i pennini, ne aveva uno diverso in ogni camera!"

Non avrebbe saputo spiegare perché, ma sentir parlare di quel passato così remoto, a tal punto che le sembrava appartenere non alla sua vita, ma a quella di un'altra, le rese più intimo quello sconosciuto, qualcuno di cui potersi fidare senza remore.

"Poi, qualche tempo fa," continuò Mario, "le nostre strade sono tornate a incontrarsi."

"Davvero?"

"Mi è capitato di pubblicare una novella sul vostro 'Corriere di Napoli', ma non credo mi abbiate mai visto in redazione. In quel periodo eravate sempre indaffarata, tra le riunioni con vostro marito e l'editore Schilizzi."

"Fare il giornalista rende avulsi dalla realtà. È una malattia, e mi piacerebbe guarirne un giorno o l'altro. Gradite qualcosa, signor Giobbe?"

"Non vorrei rubarvi tempo prezioso," disse lui. Adesso

toccava a Mario simulare. Nel clamore della pasticceria, infatti, Matilde avvertì un gorgoglio provenire dallo stomaco dell'uomo.

"Sicuro?"

Mario disse: "Va bene, prenderò una sfogliatella càura càura della nuova ricetta. Grazie".

"Pare che adesso abbia un nome: frolla. Non vi sembra buffo per un dolce?"

"Non saprei. Ogni novità sembra ridicola, tranne poi, poco alla volta, affermarsi e diventare in pochi anni routine e poi tradizione. Verrà un giorno in cui più a nessuno sembrerà un nome buffo. Frolla..." ripeté, come assaporandolo sulla lingua, "niente male!"

A Matilde piaceva quel suo modo di ragionare. Gli sorrise di nuovo – "Oca, sei soltanto un'oca, altro che grande scrittrice!" si disse –, poi ordinò altre sfogliatelle, un po' d'acqua, del caffè e discussero del più e del meno: 'a signora si vantò della bramosia di notizie dei lettori e del successo del giornale in città, lui ricambiò sostenendo che sarebbe stato altrettanto edificante se i napoletani avessero bramato anche un po' di poesia, dopodiché le porse i complimenti per la traduzione del romanzo di Maupassant in appendice e per i suoi "Mosconi", che definì "lirici e dallo stile vigoroso". Matilde accettò le lusinghe, fingendosi un poco scornosa, poi si comportò da vera gaffeuse chiedendogli se avrebbe presenziato alla festa della regina Margherita in onore del principe di Napoli.

"Guardatemi," rispose Mario con un sorriso benevolo. "Secondo voi un uomo in simili abiti potrebbe ricevere l'invito a una festa della Casa Reale?"

"Vi chiedo di perdonarmi, sono stata inopportuna con queste frivolezze."

"Figuratevi. So bene che apparteniamo a due continenti

lontani, benché io sia dell'idea che vivere a Napoli ci salvi almeno dal non appartenere a mondi diversi."

"In che senso?"

"In questa città, nobili, borghesi e plebei sono accomunati dal medesimo destino."

"Sarebbe?"

"Per esempio: infangarsi le calzature nel luridume dei venditori di spassatiempo!"

"Sapete che avete proprio ragione?"

Scoppiarono a ridere – *Smettila, oca!* –, e per l'ennesima volta Matilde ebbe la prova che, a differenza di quanto accadeva nei salotti buoni della città, la sua risata ai Tribunali passava inosservata. Intanto il tempo scorreva e il pescivendolo di via dei Tribunali calò ancora il prezzo del tonno: da diciotto a dodici soldi.

"Sapete cosa vuol dire quando scende così in fretta?" chiese Matilde a Mario.

"Non ne ho idea."

"Che la gran nota sinfonica del puzzo ha raggiunto il suo apogeo!"

Ancora risate, finché di colpo, esauriti gli argomenti sui quali concedersi un libero scambio d'opinioni, si ritrovarono in quel territorio dove l'allegria lascia il passo ai sospiri, alle titubanze, ai silenzi. Un'altra conversazione, stavolta muta e più sensuale, iniziò tra le loro menti collegate, tra i loro cuori di brace, tra i loro corpi distanti ma sempre più vicini.

Lui le parlava di poesia e lei pensava: Chissà se sono all'altezza dei suoi ragionamenti. Lei gli parlava di come si svolgesse una riunione in redazione e lui pensava: Speriamo non capisca che sono un fallito!

Allora lui sorrideva a una sua arguzia e lei vagheggiava: Come vorrei accarezzargli quei lunghi capelli corvini! Lei afferrava la tazzina e lui con un pizzico di vergogna si struggeva: Che forme voluttuose.

Ah, rifletté Matilde, se gli uomini e le donne sapessero dirsi addio al momento giusto, prima che il gioco della seduzione si spinga troppo in là, ci sarebbero molti meno peccati mortali in giro! Quel ragazzo aveva qualcosa di magnetico, e al tempo stesso una fragilità che si sarebbe potuta spezzare da un momento all'altro e che la impauriva.

Non che il suo temperamento fosse poco carismatico o le sue labbra, rosse come ceraselle, poco piacevoli da ammirare, ma la gentilezza che esprimeva con ogni gesto era agli antipodi della mascolinità implacabile di Scarfoglio.

Un tempo non avrebbe degnato di uno sguardo qualcuno come Mario Giobbe, eppure, a trentasei anni, dopo quattro figli e una lunga sequela di tracolli emotivi, si sentiva pronta a rivedere la sua posizione. La forza impietosa e senza scrupoli degli uomini come suo marito non contemplava la possibilità di amare una donna senza riserve, e lei invece adesso voleva essere amata proprio in quel modo. Tuttavia, perché questo accadesse, doveva innanzitutto guardarsi allo specchio e affermare: Ecco, questa sono io, senza infingimenti, senza paure. Ho capito chi sono e mi piaccio. A voi va bene?

Forse era per questo che voleva a tutti i costi trovare il colpevole del delitto Montanari. Certo, aveva a che fare con il ricordo di Annarella, con Carlo, con la spinta interiore alla giustizia che le sarebbe piaciuto affermare contro la generale ingiustizia del mondo, ma soprattutto con il fatto di volersi togliere i panni della signora Scarfoglio, della direttrice senza titolo, di voler scoprire la vera Matilde Serao, di smetterla di essere scelta e una buona volta scegliere. Sprofondare nei meandri bui della città in cerca dell'assassino, superando i confini dei vicoli dove il mare non entrava, la faceva sentire viva. Come adesso la faceva sentire viva avere addosso gli occhi di Mario Giobbe.

"Un'altra di queste frolle?" chiese lei.

"No, grazie," rispose lui.

Restarono in silenzio senza dirsi nulla, come talvolta succede agli amanti che bruciano dal desiderio.

"Donna Matilde..."

"Mario..."

"Mi taglierei un dito pur di sfiorarvi."

Prima di allora ne aveva sentite eccome di frasi sciocche dette dagli uomini per conquistare una donna, ma non ne aveva mai sentita una sciocca a tal punto da sembrare vera. Qualcosa dentro di lei tracimò, come un vecchio e desolato argine sommerso dalla piena di un fiume.

"Non esagerate, signor Giobbe. Voi poeti meridionali siete sempre così melodrammatici."

"Ne taglierei anche due, se me lo chiedeste."

"Allora tagliatele," replicò lei crudele. E poi, improvvisamente leggera: "Ma poi come fareste a sfiorarmi, senza due dita?".

Mario si rabbuiò. "Voi scherzate, donna Matilde, e qua la situazione è tragica."

"Del mondo in generale o la nostra in particolare?"

"Entrambe," asserì lui. "Anche se al momento, ho più a cuore la nos..."

"Shhh!" lo interruppe. "Stai zitto, Mario. Meglio che non parli più."

"Perché?"

"Perché sono sposata," sussurrò. "Le cose non vanno bene, ma ho dei valori, e in più non sono così moderna come dicono in giro, non sono una di quelle 'antiestetiche' di moda oggigiorno, che combattono per i diritti e l'emancipazione," continuò. "O, peggio ancora, una Bovary in cerca di avventure che le facciano sbattere il cuore. A me il cuore sbatte soprattutto per una cosa: le notizie. E poi che diritto avrei di rovinare la reputazione di mio marito, dei miei figli e la mia?"

"Però avete il diritto a un po' di felicità, lo ammetterete," quasi gridò Mario, determinato a tentare il tutto per tutto.

“La felicità è sopravvalutata,” tagliò corto lei, poi chiamò il garzone: “Guagliò, prepara il conto per favore”.

“Dunque, voi non credete nell’amore?” riprese Mario appena il ragazzo si fu allontanato.

“Ci credo, eccome,” rispose lei sospirando. “Ma l’amore è una sfogliatella, mio buon amico: è troppo dolce, fa male all’organismo e ognuno ha la sua ricetta.”

“Eppure, non smettete di mangiarne,” osservò lui malizioso.

“Mi state dicendo che sono grassa?”

“Siete perfetta.”

In preda all’ardore del romanticismo, Mario le afferrò una mano e gliela strinse. Matilde controllò che il pescivendolo all’angolo non stesse osservando e lasciò fare.

“Quindi,” ricominciò lui, “non posso in alcun modo sperare che tra noi possa svilupparsi un sentimento?”

Matilde scrutò negli occhi scuri e tristi dell’uomo: ci vide tutta la poesia del mondo. Versi bellissimi che ingannavano e ferivano. “Solo nel caso in cui il panfilo di Scarfoglio affondi nel Mar Egeo,” disse con un’aria vezzosa che si rimproverò un attimo dopo aver chiuso la bocca.

Ritirò la mano e si diede una sistemata ai capelli.

“Non fraintendetemi, signora Serao. Anche se come giornalista non valgo l’alluce di Scarfoglio, possiedo un mio onore,” rispose Mario accorato. “Non vorrei mai vincere a duello per abbandono del campo da parte del mio avversario.”

Il garzone arrivò con il conto, un foglietto appiccicoso di zucchero e profumato di canditi.

Matilde lanciò un ultimo sorriso verso Mario, poeta romantico e gatto mammone che voleva portarsela via: pensò che non aveva mai conosciuto un uomo dagli abiti così cenciosi e dal cuore così nobile.

Si pulì la suola dello stivaletto e spalancò la porta di Scalinger, che trovò chino sui fogli della computisteria.

"Allora?"

Il caporedattore alzò lo sguardo dai fogli, stava contando i caratteri dell'articolo appena composto con l'aiuto di una lente di ingrandimento. "Entrate e chiudete la porta. 'Aumm aumm'," disse.

Contare i caratteri era la principale attività di ogni scrittore che si rispettasse: cronisti, poeti e novellisti ne erano ossessionati. Per quanta ispirazione si riuscisse ad avere, pensò Matilde, per quanto ingegno si adoperasse e per quanto altissimo e raffinato lo stile di uno scrittore si mostrasse nelle sue opere, alla fine i giornali pagavano per il numero di caratteri che si riuscivano a mettere su carta, infilandoli in gabbie e spazi prestabiliti.

Entrò e si richiuse la porta alle spalle. "Allora? Che cosa ha detto il tuo spione alla Pastrengo?"

Diede un'occhiata tutt'intorno nella stanzetta angusta in cui Scalinger trascorreva le sue giornate, un bugigattolo affollato di volumi d'ogni specie accatastati sulla scrivania e sul davanzale della finestra. C'era tutto un mare di corrispondenza tra i caporedattori e il mondo fuori, rifletté lei, che al direttore sfuggiva. Quell'ufficio era il pozzo dove finivano le pubblicazioni che non avrebbero mai avuto una menzione in un articolo, gli inviti a cui nessuno avrebbe risposto, le segnalazioni di questa o quella inefficienza del governo a cui neanche un redattore avrebbe dato seguito. Scalinger sbrigava ogni giorno quella mole di lavoro per lei e per Scarfoglio, impedendo che gli aspetti secondari del lavoro li disturbassero mentre si occupavano di affari più urgenti.

"Sedetevi, per favore," disse lui.

Matilde non stava nella pelle. “Preferisco restare in piedi. Allora? Quale novità? Perché questo mistero?”

“Avevate ragione,” disse Scalinger. Lasciò cadere i fogli sulla scrivania. “La cordicella di Montanari non è tra i reperti rinvenuti vicino al cadavere.”

“A casa di Carlo hanno trovato qualcosa?”

Il caporedattore si sistemò meglio sulla seggiola. “No. Nel rapporto dei carabinieri non se ne fa menzione. La mia fonte, che ha partecipato alla perquisizione nel basso di vico Sottomonte, sostiene che non c’era nessuna cordicella.”

“Dunque, è come sospettavo.”

“Proprio così.”

“Se la cordicella non è stata trovata né per strada né in casa, abbiamo un indizio sul fatto che il delitto possa essere stato consumato altrove e il corpo poi spostato ai Ventaglieri...”

“Un indizio non è ancora una prova.”

“Il punto è,” disse Matilde, “dove diavolo è finita la cordicella?”

Restarono a rimuginare su quell’idea.

“Adesso cosa intendete fare?” chiese Scalinger. “Ne parlerete al capitano Barbatello?”

Matilde fece di no con la testa. “Che ci vado a fare? A farmi tirare i coppetielli appresso dall’eroe del Cavone, mentre vagheggia di fantasiosi complotti politici tra socialisti con la speranza che il re Umberto gli conferisca la medaglia d’oro?”

“Mmm...”

“Mmm...”

Poi, senza dire nulla, immersa in un vorticoso flusso di pensieri, si diresse verso l’uscita. Non aveva nessuna idea su come proseguire l’indagine, solo una matassa ingarbugliata di pensieri. Aprì la porta. “A più tardi, Giulietto. Ci vediamo alla riunione.”

“Donna Matilde...” la richiamò lui.

“Che c’è?”

Matilde si girò.

“Non vi ho ancora detto di un altro particolare che ho appreso dalla mia fonte in caserma.”

Lei socchiuse la porta. “Quale?”

“Lo sapevate che, nel basso alla Duchesca, Emiliano abita insieme a una servetta?”

“Una che?”

“Una giovine senza famiglia venuta dalla Lucania,” proseguì. “A quanto pare, sempre secondo la mia fonte, è di indole alquanto selvatica. Sembra infatti che, durante l’interrogatorio, abbia dato un morso.”

“Un morso al carabiniere che la stava interrogando?”

“No, no. Non al carabiniere!”

“Ah, no?” chiese Matilde. “E a chi allora? A Barbatello? Al pretore?”

Scalinger scoppiò a ridere. Matilde lo seguì a ruota, surclassandolo con una delle poderose risate per cui s’era fatta una certa reputazione da Caflisch e da Van Bol. L’ilarità raggiunse il culmine e si assestò, poi poco alla volta la risata del caporedattore si fece più aspra e inquieta, fino a scemare del tutto. Di colpo, anche ’a signora tornò seria. “A chi, Giulietto?” chiese turbata. “A chi ha dato questo morso la ragazza?”

Scalinger si schiarì la voce: “Al cavallo del carabiniere a cavallo,” disse.

## *Ventotto*

L’uomo senza denti, coricato sul gradino del suo basso con le palpebre calate e le guance ispide rivolte al sole, avvertì una presenza sul lato opposto della strada. Aprì gli occhi e scrutò incuriosito una figura paffutella con aria da cospiratrice.

Al contrario, il sudiciume incrostato tra i Sette Vicoli della Duchesca sembrava indifferente a quella presenza, o forse ormai era Matilde a essersi abituata all'immondo selciato su cui stava camminando. Fatto sta che, trascinando l'orlo fino a terra del suo abito primaverile, stretta in una guêpière infernale per la sua taglia, stava puntando lo sguardo fisso sull'ingresso della casa di fronte, da cui aspettava che uscisse Emiliano.

Poco dopo, infatti, il figlio di Carlo e Annarella si chiuse la porta del basso alle spalle, infilò la coppola di velluto e si avviò verso il Rettifilo. Matilde attese che sparisse alla vista e lesta uscì allo scoperto dall'angolo in cui s'era appostata, attraversò il vicolo e con piglio deciso bussò alla porta.

"Chi è? Milio, sei tu?"

Il cigolio dei cardini anticipò l'apparizione di una donna avvolta in una vestaglia color pulce. Due occhi neri grandi e profondi, nascosti in un ovale smagrito, la osservarono dall'uscio.

"Chi siete?"

"Sono una cliente della mezzana alla Sanità," replicò con prontezza Matilde. "Ho un debito di gioco e sono venuta a saldarlo. Il vostro fidanzato è in casa?"

"Non c'è."

"Peccato," mormorò. "La mezzana mi aveva detto che a quest'ora lo avrei trovato. Vorrà dire che tornerò un'altra volta per dargli i soldi che gli spettano. Arrivederci..." E fece per andarsene.

La donna, colta di sorpresa da quella stramba signora che blaterava di un debito da saldare, temendo di perdere i quattrini la bloccò. La vestaglia si aprì, lasciandola un poco discinta. "Dove andate?" disse. "Venite qua, oggi è sabato e non ho nulla da fare. Tra poco Emiliano torna, aspettiamolo insieme."

Matilde si girò con l'aria da furbastra dipinta in volto, ma qualcosa la turbò: sul ventre scoperto della donna notò una cicatrice scura e dai bordi rialzati. "Sicura che non disturbo?" chiese.

"Macché disturbo!" La donna spalancò la porta del basso. "Un bicchiere di acqua ferrata la gradite?"

"Di quale fontanella? Santa Lucia?"

"Cavalli di Bronzo, ma è buona lo stesso."

"Va bene, aspetterò dentro," concluse Matilde. E varcò l'uscio del basso, entrando in quella spelonca umida e profonda come l'antro della Sibilla.

"Come vi chiamate?"

"Silvia."

"Bellissimo nome. Come la Silvia di Giacomo Leopardi."

"Mia madre me l'ha dato apposta."

"Davvero? Che meraviglia!"

Silvia asciugò con uno strofinaccio la brocca di terracotta con cui aveva riempito il bicchiere dell'ospite. "Mi leggeva sempre le sue poesie prima di..." tentennò.

"Quanti anni avete?" chiese Matilde cambiando argomento. Bevve un sorso di acqua da un bicchiere crostoso e macchiato di ruggine.

"Venti," rispose l'altra. "Ho solo un mese in più di Milio, siamo entrambi nati a primavera."

Matilde rimase impressionata nell'apprendere che quella donna che camminava come una sciancata e dimostrava almeno quarant'anni, curva, con pochi capelli, i denti gialli e neri, un'orrenda cicatrice a sfregiarle il corpo, era in realtà poco più di una bambina.

Ne aveva conosciute di serve così, provenienti dai più remoti angoli del Regno, cresciute con l'idea di doversi ammazzare di fatica per campare e magari, nel pieno di quella vita impossibile, trovare il tempo di dar latte a un bimbo e di far la calza, donne che non si lamentavano, non piangevano e nel fiore degli anni andavano a morire all'ospedale di perniciosa, di polmonite o di qualche altra orrenda malattia.

Prima di finire così, tuttavia, poteva succedere, come era successo a Silvia, di ribellarsi in modo confuso all'ingiustizia e di mordere un cavallo invece del carabiniere. Solo il timbro di voce esile e a tratti infantile della ragazza – a Napoli esisteva una parola magnifica e onomatopeica per definire quel tono: "quequero" – ne tradiva l'ingenuità. Se il corpo somigliava a quello di una vecchia, l'anima sembrava invece candida e soave come quella di una fanciulla. Come tale, infatti, rispondeva a ogni domanda della sua interlocutrice, nonostante fosse una sconosciuta.

"E come lavoro? Di che cosa vi occupate?"

Silvia, aggiustandosi la vestaglia che aveva tutta l'aria di aver vissuto diverse vite, disse: "Faccio tre case al giorno, a cinque lire".

Matilde buttò giù un altro sorso d'acqua ferrata. "Accidenti! Tre case sono un bell'impegno!"

"Non me lo dite, signò. Certe sere sono così stanca da non riuscire nemmeno a mangiare. A volte mi addormento con il grembiule addosso, morta dalla fatica. Ma i soldi servono. Soprattutto a una futura sposa."

Matilde sorrise. "Auguri!"

"Grazie, signò."

"A quando le nozze?"

"Non lo sappiamo. Prima Milio deve sistemare i suoi affari. Intanto io, per farmi la dote, mi sono rivolta a san Pantaleone."

"Come può san Pantaleone aiutarvi a trovare i quattrini per le nozze?" volle sapere Matilde.

A quel punto, Silvia giunse le mani in segno di preghiera e alzò gli occhi al cielo: "San Pantaleone mio, per la vostra castità, per la mia verginità, datemi i numeri, per carità!" recitò con la sua voce quequera. "Ecco, così si fa. Per nove giovedì bisogna pregare il santo, a mezzanotte, col balcone e la porta della sacrestia al Gesù Vecchio aperti. Al nono giovedì si dovrebbe udire un passo, è il santo che viene, si odono dei colpi... Sono i numeri che bisogna giocarsi!"

"San Pantaleone vi darà i numeri per vincere al bancolotto e farvi la dote?"

"Si capisce!" esclamò la ragazza. "Un altro bicchiere di acqua ferrata?"

"D'accordo, ma senza esagerare, altrimenti dovrò correre al pitale." Si scambiarono un'occhiata d'intesa come due amiche di vecchia data. "Funziona?" ricominciò Matilde. "Voglio dire: il santo vi ascolta?"

"Ancora non lo so. Mancano tre giovedì all'appuntamento. Intanto, san Giovanni ha fatto il suo dovere."

"Anche san Giovanni vi ha dato i numeri per la pigliata?"

Silvia scosse il capo. "No, a san Giovanni si fa una novena per trovare marito. Nove sere, sempre a mezzanotte, fuori a un balcone a pregare con certe antifone speciali. Se si è pregato abbastanza, alla nona sera si vede una trave di fuoco attraversare il cielo, sopra vi danza Salomè, la ballerina maledetta: la voce che si ode, subito dopo, pronuncia il nome del marito."

"E a voi l'ha pronunciato?"

"Certo! È così che ho incontrato Milio... A proposito..." Silvia cambiò tono, forse pentita di aver detto troppo. "Voi come l'avete conosciuto? E, se posso chiederlo, come mai una signora del vostro rango si è indebitata al gioco piccolo?"

Matilde poggiò il bicchiere sul tavolaccio di legno che occupava metà dello spazio nel basso, annerito al centro e consumato ai lati. "Ho giocato qualche biglietto," disse. "Ci siamo visti alla Sanità due o tre volte."

"E i quattrini li dovete a lui anziché alla mezzana?"

Nonostante il carattere genuino, Silvia cominciava a insospettirsi. Matilde si sentì in colpa per essersi approfittata della ragazza ed essersi intrufolata in casa sua allo scopo di estorcerle informazioni sotto mentite spoglie. Capì di doversi fermare.

"D'accordo," principiò. "La verità è che non sono debitrice di alcunché verso il vostro Milio, se non del fatto che da bambino, quando sua madre passò all'altro mondo, mi sono trasferita a Roma per farmi una posizione e permisi che crescesse senza una figura materna quale avrei potuto essere io per lui..."

Per un attimo, lo sguardo ossuto della ragazza sembrò smarrirsi. "Allora che cosa siete venuta a fare?" chiese, delusa come una bimba a cui avessero rubato lo strummolo. Gli occhi grandi e profondi si restrinsero come le fessure della grata di un convento di clausura.

Matilde rabbrividì. In teoria, a essere impaurita per aver accolto un'estranea bugiarda in casa avrebbe dovuto essere la servetta, ma a sentirsi inquieta adesso era lei. Davanti a me, pensò, ho pur sempre la ragazza che ha dato un morso al cavallo di un carabiniere.

"Sto indagando sul delitto che ha portato alla morte di quello che sarebbe dovuto diventare vostro suocero," confessò infine.

"Da quando i carabinieri lasciano entrare le donne nell'Arma?" replicò Silvia. La voce quequera aveva dato spazio a un timbro più grave.

"In verità, faccio la giornalista ed ero amica di Carlo," rispose Matilde. "Ci siamo incontrati la notte prima che fosse assassinato. La stessa in cui avrei dovuto incontrare Emiliano per recarmi al cospetto di ciò che Carlo chiamava 'fatti inauditissimi' e che, naturalmente, non ho avuto più modo di accertare. Speravo di poter parlare un poco con voi." Il suo tono divenne mormorante: "Di capire se ci fosse ancora modo di salvare Emiliano dall'abisso...".

Silvia strinse la vestaglia. "Adesso dovete andare," disse nervosa. "Ho un impegno alla Vicaria e devo uscire. Se Milio dovesse tornare, scoprendovi a fare domande importune, Dio solo sa che cosa potrebbe accadere...”

“Che cosa?” chiese Matilde. “Ditemi, cosa è successo quella notte, quando avrei dovuto incontrarlo? Cosa è successo a Carlo?” Si avvicinò alla ragazza, avrebbe voluto stringerla, abbracciarla, accogliere senza pregiudizi le sue confessioni. “Dove eravate voi quella notte?”

Si guardarono negli occhi e per un attimo a Matilde sembrò che Silvia stesse per liberarsi e rivelare tutto ciò che nascondeva. Invece disse in lacrime: “Quella sera sono stata al Gesù Vecchio per l’antifona a san Pantaleone. Tutta la notte! Adesso, vi prego, andatevene”.

Matilde tentennò.

“Andatevene!” gridò Silvia mordendosi la mano dalla rabbia.

## *Ventinove*

Il sabato non era un giorno qualunque nella basilica del Gesù Vecchio.

I fedeli affollavano i banchi di legno più della domenica, del Natale, di Pasqua, più delle Ceneri. Per molti napoletani era un rito prendere la comunione alla messa vespertina in quella chiesa, ricordò Matilde varcando l’ingresso, la stessa che da quando un’altra, più grande e imponente, aveva preso il nome di Gesù, era stata costretta ad aggiungere l’aggettivo “vecchio” per distinguersi.

Aristocratici, borghesi, popolani. Ciascuno partecipava alla celebrazione con il suo abito migliore, con o senza orologio da taschino. La Madonnina di don Placido posta sull’altare, dignitosa e austera, non badava ai calli delle mani giunte in preghiera, alla dimestichezza col latino negli *Ave* e nei *Pater*, alle ricchezze o alle miserie che si celavano dietro gli sguardi carichi di devozione dei fedeli. La tradizione voleva che il sabato fosse un giorno privilegiato da quando la Madonnina era stata consacrata protettrice dei napoletani, e i napoletani ricambiavano venerando la preziosa statuetta dorata al di là del ceto o della foggia degli abiti che indossavano.

"*Ite, missa est*," disse il prete sull'altare.

Finita la cerimonia, i fedeli si misero in coda nell'unica navata in direzione dell'altare, chi per lanciare un bacio alla Madonnina, chi per farsi il segno della croce, chi mormorando una preghiera o per godersi l'aura luminosa che dalla statuetta si diramava in ogni direzione. Quanti destini complicati si accalcavano sotto quell'altare! C'erano le richieste di grazia per la guarigione da una malattia, per concepire un figlio, c'erano i ringraziamenti per aver trovato un lavoro, per un matrimonio combinato, per la pace ritrovata con un parente o un amico.

Matilde attese che la folla si diradasse e alla spicciolata imboccasse il corridoio di sinistra per raggiungere l'uscita. I devoti erano costretti a passare davanti alle quattro cappelle laterali, ma solo davanti alla terza esitavano, poiché qui immancabilmente le tele raffiguranti gli *Episodi della vita di san Gennaro* attiravano la loro attenzione. Se c'era qualcuno che i napoletani non dimenticavano mai di omaggiare era il principale santo protettore della città. Per nulla al mondo, nemmeno per la Madonnina di don Placido, se ne sarebbero dimenticati.

Infine la folla svanì, disperdendosi tra i vicoli di Spaccanapoli. I più nobili raggiungevano la carrozza che li aspettava al largo del Nilo, mentre i pezzenti continuavano a piedi verso i Tribunali; c'era anche chi discendeva via Mezzocannone, la strada popolata dai tintori, gli unici a lavorare di sabato. In fondo a ognuna di quelle botteghe aperte ardeva un fuoco vivo sotto una grossa caldaia nera, dove uomini seminudi smuovevano aiutandosi con dei bastoni una miscela fumante.

Matilde si avvicinò alla perpetua che stava sparecchiando l'altare: era lei la persona a cui rivolgersi, glielo aveva spiegato Checchina, la sua informatrice quando si parlava dei fatti del popolo.

Dopo la mattinata alla Duchesca, infatti, 'a signora era tornata a casa per stare un po' con i figli e aveva chiesto alla governante alcune informazioni sulla preghiera del giovedì notte che le ragazze senza dote rivolgevano a san Pantaleone nella sagrestia del Gesù Vecchio.

"Com'è possibile che i preti ammettano una superstizione del genere?" le aveva chiesto. "Non dovrebbe essere vietato pregare un santo per giocarsi i numeri al lotto?"

La servitù napoletana si divideva in due grandi categorie: le credulone come Silvia, che affidavano ogni brandello della propria anima a scarfachiuvate d'ogni genere, e le nichiliste che non credevano in nulla. Come Checchina, che aveva asserito: "È un'usanza barbara. Tranne le allocche che ci cascano, in genere giovani forestiere senza arte né parte, nessuno crede più in simili sciocchezze...".

Si diceva, aveva aggiunto, che il parroco del Gesù Vecchio fosse rincitrullito e che non sapesse nemmeno chi fosse san Pantaleone, e la perpetua ne aveva approfittato per mettere in giro la voce che il santo distribuiva a suo piacimento i numeri da giocare, così in men che non si dica il giovedì notte la sagrestia della basilica si affollava di servette in cerca di dote e marito.

"Oltre a somigliare a una mongolfiera," aveva concluso Checchina, "riconoscerete la perpetua perché odora di incenso."

In realtà, constatò Matilde, dopo la funzione tutto in chiesa odorava di incenso, eppure bastò l'immagine della mongolfiera per identificare come la fraudolenta promotrice delle

Nove Preghiere a san Pantaleone la donna sull'altare, che stava sistemando con modi spicci l'ostensorio dorato del prete.

Si avvicinò ai gradini e la salutò con gentilezza.

"Buonasera," ringhiò la perpetua senza voltarsi. "Che vi serve?"

"Per la verità, sto cerc..."

"Avete dimenticato qualcosa?"

Nel dire così la perpetua si voltò e abbassò gli occhi su Matilde, poi aggiunse burbera: "Se è roba di valore, noi qui non ne rispondiamo. Che cosa avete perso?".

"Niente, non ho perso niente."

"Allora che cosa volete?"

"Sono qui perché un'amica, che conoscete di persona, mi ha detto che questo è il posto giusto dove le donne in cerca di dote devono venire a pregare san Pantaleone."

La perpetua sgranò gli occhi. "Shhh! Ma che andate dicendo?" Guardò di lato, in direzione della sagrestia in cui il prete si stava cambiando. "Venite, spostiamoci di qua..."

La condusse verso il tabernacolo con la *Gloria di san Luigi Gonzaga*, un quadro che Battistello Caracciolo aveva realizzato negli anni venti del XVII secolo, in cambio di trenta ducati, per una delle cappelle laterali. Sotto il dipinto, mentre sul loro capo san Luigi si beava tra gli angeli del paradiso, la perpetua chiese: "Come si chiama la vostra amica?".

"Silvia. Viene qui da voi ogni giovedì notte a recitare la sua antifona."

"Ah, Silvia," rimuginò la perpetua. "La ragazza che ha dato un morso al cavallo del carabiniere?"

"Sì, lei."

"Bene, allora ditemi: per conto di chi siete venuta a intercedere? A quale disgraziata il santo deve dare i numeri?"

Matilde si finse offesa. "Che cosa volete insinuare? La fanciulla disgraziata in cerca di dote sono io. Per caso vi sembro troppo vecchia per trovare marito?"

La perpetua, temendo di perdere l'affare, non esitò a blandirla: "Ma che dite!" esclamò. "Guardate che bel visino morbido..." si mise a vezzeggiarla. "Guardate qua, che zigomi affilati. Che lineamenti di fata! Quanti anni avete? Venti? Diciotto? Mica vi facevo men che una fanciulla! È che poc'anzi..." continuò in tono servile per abbellire la sua commedia, "vista la foggia del vostro abito, non credevo foste in cerca di dote. Una come voi dovrebbe già essere maritata!"

Matilde sospirò. Fu un sospiro così drammatico e profondo da far invidia all'arte recitativa di Lenor. "Purtroppo, cara signora," attaccò come se stesse interpretando una commedia di Goldoni sul palcoscenico del Mercadante, "oggigiorno basta sfogliare uno di quei giornali che gli strilloni distribuiscono alle fermate della tramvia per rendersi conto che la vita è ormai un puro apparire. Gli abiti che indosso, ahimè, non bastano a farmi la dote. Quanto al marito..."

Fece un altro sospiro, stavolta così struggente che persino la Madonnina di don Placido sistemata sull'altare parve commuoversi. "...Meglio lasciar perdere! È così difficile per una donna onesta trovare un uomo che non sia un furfante, un traditore, un mentecatto con l'anemia cerebrale!"

"Non vi preoccupate," la tranquillizzò la perpetua. Anche lei stava recitando, benché in modo meno convincente di Matilde. "Se pregherete il santo come si deve, avrete la vostra dote. Di conseguenza, anche un buon marito."

"Secondo voi, san Pantaleone verrà a darmi i numeri per giocarmi un biglietto vincente?"

"Si capisce! Se non a voi, a chi dovrebbe darli? Venite ogni giovedì sera a mezzanotte per nove settimane di seguito con venti lire nella manica e diventerete ricca!" All'improvviso la perpetua cambiò tono: "Mi raccomando, però, ci vuole costanza. Purtroppo, non tutte le ragazze che vengono qui ne hanno a sufficienza. Credono che basti donare l'obolo perché il santo faccia la grazia. E invece no!".

Puntò l'indice in alto in segno di monito. "Bisogna presenziare tutti i giovedì con serietà e devozione, affinché il santo si muova a pietà!" concluse in un afflato degno di una filodrammatica. E poi, sbrigativa: "Le prime venti lire sono in anticipo, grazie...".

Matilde tirò fuori i quattrini e li allungò alla donna che, come un randagio al cospetto dell'osso, non staccò mai gli occhi dal soldo.

"Quindi non tutte lo fanno con serietà e devozione?" le chiese.

"No, non tutte sono come voi, mia bella signora! Molte arrivano da paesini sperduti del Regno, dove ancora resistono briganti e inciviltà. Luoghi ove non vi è l'elettricità, né la tramvia a vapore..."

"Come la mia amica Silvia," calò l'asso Matilde.

La perpetua, credendo di raggirare e invece finendo per essere raggirata, afferrò le venti lire e tornò a fissare la sua interlocutrice: "Esattamente! Proprio come la nostra amica che si diverte a mordere gli equini. Sono ormai due giovedì che salta il dovere di pregare san Pantaleone...".

Matilde sussultò, non credeva alle sue orecchie. "Non è venuta alla preghiera di mezzanotte l'ultimo giovedì né il precedente?"

"Già."

Era la notizia per cui si era spinta fino al Gesù Vecchio: capire se Silvia si fosse assentata il giovedì in cui Carlo Montanari era stato ucciso. Ancora una volta, il suo fiuto non l'aveva ingannata. Sin da subito aveva intuito che la promessa sposa di Emiliano stava mentendo. Per la notte del delitto, dunque, nemmeno la servetta aveva un alibi.

"Quindi, se ha saltato due giovedì di seguito, è debitrice nei vostri confronti di quaranta lire."

"Cara amica, mi spiace dovervi correggere. Casomai è debitrice verso san Pantaleone che deve farle la grazia, io mi limito a tenere aperte le porte della chiesa," rispose la perpetua affettando modestia.

"Chiedo venia. Il debito è col santo, non con voi."

"Ma soprattutto, la nostra Silvietta si è mostrata superba nel credere che sia possibile gabbarlo! Si può gabbare Dio, si può gabbare Gesù Cristo, e certe volte persino la Madonna, perché sono troppo impegnati..." La perpetua si fece il segno della croce rivolta all'altare. "Ma i santi no, non possono essere gabbati!"

"Perché hanno meno da fare?"

"Perché hanno più bisogno delle offerte rispetto a Dio, Gesù Cristo e la Madonna."

"Capisco."

Qualcuno spalancò la porta della sagrestia. Un uomo anziano vestito di un saio apparve sull'uscio e scrutando nella penombra disse: "Tutto a posto, Carmè?".

La perpetua spinse Matilde dentro la cappella, al buio. "Sì, padre," gridò. "Tutto bene, ho quasi finito, arrivo..." Poi sottovoce a Matilde, indicando la navata: "Adesso andatevene. Attenta a non inciampare. Dite a Silvia che san Pantaleone aspetta le quaranta lire... Su, su. Ci vediamo giovedì notte".

"A giovedì!"

Senza che nessuno vedesse il suo ghigno soddisfatto, Matilde raggiunse l'uscita della chiesa, scese i gradini e con un saltello si ritrovò in strada. Arturo aspettava tomo tomo al largo del Nilo, la leva del cocchio già tirata, in tempo per correre in redazione a chiudere il giornale.

# 8.
# Salvare il salvabile

## *Trenta*

Adesso aveva un'altra sospettata.

Perché Silvia le aveva mentito, dicendole di essere stata a pregare san Pantaleone, quando non si recava al Gesù Vecchio da due giovedì? Cosa nascondeva? Era stata testimone del parricidio di Emiliano e lo stava proteggendo? Era una complice? O, ipotesi ancor più dolente, era stata lei ad assassinare Carlo? D'altro canto, di rabbia nascosta e forza violenta era alquanto dotata, considerando che aveva morso un cavallo crollato di schianto sotto gli occhi dei carabinieri.

Più Matilde si addentrava nei misteri del delitto Montanari, più i pezzi del rompicapo, invece di unirsi in un disegno chiaro e comprensibile, si moltiplicavano in una miriade di possibilità prive di una spiegazione. Seduta nel suo ufficio, davanti all'Olympia, 'a signora si era tolta le lenti e fissava il foglio bianco immersa in pensieri che non portavano da nessuna parte.

A due settimane dal fatto non aveva certezza su nulla, mancava ogni elemento per ricostruire l'omicidio: l'arma, il movente, la scena, la dinamica dell'agguato, i testimoni, un sospettato più credibile degli altri... C'erano soltanto domande, molte domande, a cui stava cercando di dare risposta annodando i pensieri e provando a incastrare i pezzi. Ma fino ad allora niente. Non riusciva a focalizzare un bel niente.

Nel caso in cui l'assassina fosse stata Silvia, si chiese, perché mai una servetta senza dote avrebbe dovuto assassinare il padre del suo promesso sposo? Per incassare un'eredità di pochi spiccioli? Per il titolo di proprietà del basso ai Ventaglieri? Sussistevano insanabili contrasti tra la ragazza e il suocero esplosi, guarda caso, la notte in cui Matilde avrebbe dovuto essere testimone dei "fatti inauditissimi" che Carlo aveva promesso di mostrare?

"Non esistono coincidenze," le aveva ripetuto spesso Gandolin ai tempi di Roma. Il vecchio maestro ne sapeva di bugie e delitti, almeno quanto lei ne sapeva di fatture per l'inchiostro. "Due fatti insoliti non accadono mai nello stesso momento. Il fatto è sempre uno soltanto, l'altro è lo specchietto in cui si riflette la nostra incapacità di unire i dettagli."

Gandolin aveva ragione.

Le bugie di Silvia e di Emiliano dovevano essere collegate al mancato appuntamento tra lei e Carlo, quella notte.

Ammesso che in un impeto di rabbia, o dopo aver pianificato l'omicidio nei minimi dettagli, Silvia avesse aggredito Carlo con un coltellaccio, come era riuscita a convincere Ucceldibosco a fargli spostare il corpo ai Ventaglieri e poi a lavar via il sangue dal selciato? Quali incredibili poteri di manipolazione possedeva quella gracile giovane venuta dalla Lucania? E perché Carlo avrebbe dovuto recarsi in quei vicoli spopolati alle spalle del Rettifilo, abitati dai fantasmi di una città ormai scomparsa? Con quale scusa la ragazza lo aveva attirato nella cava?

L'ingenua servetta che aveva conosciuto nel basso alla Duchesca non sembrava capace di pianificare un delitto così brutale, tantomeno di riuscire poi a nasconderlo con abilità. Eppure è proprio dove sembra più improbabile, rifletté Matilde, che spesso si annida il germe della mente criminale.

Non c'era una spiegazione a nulla.

Per tutta la sera i pensieri non produssero parole e le parole non produssero pensieri. Fuori, nei corridoi della redazione, neanche un fiato. Soltanto, a un certo punto della sera, si udì la Marinoni mettersi in moto nei sotterranei. Baldassarre e il monaciello avevano dato fuoco alle polveri, ma nemmeno la dolcezza di quel pensiero – un altro numero del giornale chiuso, altre quattro pagine mandate in stampa, le migliaia di copie della sua creatura che presto sarebbero state tra le mani dei lettori – riusciva a consolare 'a signora.

Forse avrebbe dovuto rinunciare a risolvere quell'enigma.

A volte, succedeva. Anche un'abile e famosa scrittrice, abituata ad afferrare la realtà per le corna e addomesticarla in un racconto compiuto, basato sul principio della causalità dei fatti che, parola dopo parola, si snodavano e prendevano forma, doveva imparare ad accettare la sconfitta.

Per quella intricata vicenda da giorni trascurava il giornale, i figli, le piante nella serra, non presenziava più alle occasioni mondane, aveva smesso di combattere per Scarfoglio e neanche s'era concessa la possibilità di conoscere meglio quel gatto mammone di Mario Giobbe, che le infiammava il cuore con i suoi sguardi galanti.

Perché continuare a infangarsi l'anima con quella storiaccia di ventri squarciati e vicoli divenuti ricetti di delitti e di delittuosi, di tutte le cose e le persone infami e dolenti al mondo? Se il governo non era riuscito a salvare Napoli, se il Consiglio comunale e gli assessori non ne erano stati capaci, se nemmeno la Società per il Risanamento con i quattrini, le convenzioni e le leggi speciali l'aveva risanata, perché mai lei, una piccola donna a cui non era permesso neppure di dirsi la direttrice del giornale che aveva fondato, avrebbe dovuto?

Forse aveva ragione Scarfoglio, con le sue occhiatacce che la ammonivano ogni volta che si inabissava nel ventre della città. Forse aveva ragione Scarfoglio con le sue occhiatacce che la giudicavano e la supplicavano di smetterla di agitarsi per dei miserabili, poiché per gente del loro ceto non c'era ragione alcuna di azzuffarsi con la realtà. Forse aveva ragione Scarfoglio con le sue occhiatacce che le intimavano di stare zitta e tornare a casa a cucinare minestrine, a compilare la lista della spesa per Checchina, a provare l'abito per la festa alla Reggia di Capodimonte, ad ascoltare per tutto il pomeriggio Totino imparare la *Rêverie* di Ascher al pianoforte. Forse aveva ragione Scarfoglio con le sue occhiatacce così scarfogliesche, che spingevano affinché il paravento della loro vita privata e pubblica si mostrasse armonioso agli occhi dei nuovi borghesi, ai lettori del giornale, a coloro che sfogliavano "Il Mattino" immaginando – e forse, nell'intimità, anche invidiando – i due magnifici scrittori discutere delle sorti del Regno, tra antichi volumi e tende di velluto a fiorami d'oro nel salone pieno di cose belle e preziose a Palazzo Ciccarelli di Cesavolpe.

Il paravento, pensò Matilde, era una copertura. Come il Rettifilo in cui, voltato l'angolo della strada straripante di botteghe, industriali e commercianti che discutevano di prezzi e tessuti, ecco aprirsi i vicoli cupi della Duchesca, della stazione, del Basso Porto, dove la realtà portava le stimmate di straducce affogate, malsane e miserabili.

In quel momento bussarono alla porta. "Prego," disse Matilde.

Era Scalinger.

"Entra, Giulietto. Accomodati. Hai la copia staffetta? Fammela vedere."

Il caporedattore fece di no con la testa. "Però ho questa," disse sventolando una busta sigillata.

"Che cos'è?"

"Non ne ho idea," rispose. "È stata consegnata oggi, ma è stata inviata quindici giorni fa." Si richiuse la porta alle spalle, poi continuò in tono grave: "Credo sia importante". Gliela allungò.

Matilde la afferrò: recava l'intestazione *Comitato operaio – Terza circoscrizione*. Rimase di sasso, alzò lo sguardo e si portò una mano alla bocca. "Oddio!" mormorò. "L'ha mandata Carlo prima di morire. C'è la data del giorno in cui ci saremmo dovuti incontrare..."

Scalinger annuì.

"Che faccio, la apro?"

"Che volete fare, donna Matilde? Portarla al capitano Barbatello e permettere che insabbi tutto?"

Matilde, col cuore che correva all'impazzata, come il morellino di Arturo sul lungomare, osservò di nuovo la busta sigillata. E capì che, se l'avesse aperta, avrebbe spazzato via per sempre il paravento.

## *Trentuno*

*Carissima amica,*
*qualora leggessi questa lettera, vorrà dire che il nostro piano è andato in malora, dacché qualcosa di grave mi è accaduto.*
*Ti prego di portare a compimento ciò in cui ho fallito: svelare l'inaudito al Popolo, fermare la Convenzione e mettere in salvo mio figlio e la sua amata dal marcio che divora Napoli dal primo giorno in cui la Sirena venne a riposarsi sulle nostre coste.*
*Ti chiedo, in nome della devozione che serbi per Annarella, di salvare il salvabile. Milio e Silvia ti racconteranno ogni cosa, sono due ragazzi sfortunati ma dall'animo puro e onesto, ed io non ho cuore a mettere su carta l'ignominia compiuta da quell'uomo.*
*A te posso confidarlo: ciò che più moltissimo m'incresce è non*

*poter assistere alla prima alba del socialismo quando arriverà. Perché arriverà!*
*Viva Marx! Viva Engels! Viva il Partito dei lavoratori!*
*Addio mia cara Matilde,*
*Compagno Carlo Montanari,*
*Comitato operaio – Terza circoscrizione*

Matilde piegò la lettera e tolse le lenti. Scalinger la scrutava in silenzio, in piedi davanti alla scrivania. C'erano due fatti nuovi che meritavano attenzione.

Il primo.

Nel momento in cui stava scrivendo la missiva, Carlo temeva che qualcuno avesse in animo di impedire il loro appuntamento. Allo stesso modo sembrava evidente, come emerso durante l'incontro in pizzeria, che quel qualcuno aveva a che fare con il rinnovo della Convenzione in discussione al Consiglio comunale.

"Il che lascia supporre che il delitto sia avvenuto per questioni legate alla Società per il Risanamento," mormorò Scalinger lisciandosi il pizzetto. "E così torniamo alla prima pista, all'amo lanciatovi da Barbatello mentre già ipotizzava l'omicidio politico..."

"Non mi convince l'idea che il contrasto tra Montanari e qualche burocrate possa aver avuto una conseguenza così tragica. Con la Legge Speciale, la Società per il Risanamento ha il diritto di espropriare ciò che le pare e piace. Nessuno, né i socialisti né la curia, possono impedirlo."

"Ma se il Consiglio comunale votasse contro il rinnovo della Convenzione?"

"Cosa improbabile," ribatté Matilde. "Considerando che la Società per il Risanamento ha a libro paga tutti i consiglieri della maggioranza e anche qualcuno tra le file dell'opposizione."

"A meno che non scoppi uno scandalo sui giornali," argomentò Scalinger. "Che poi era l'obiettivo di Montanari nel momento in cui vi ha chiesto di incontrarlo. Siamo di nuovo al punto di partenza."

"Siamo sempre al punto di partenza," mugugnò Matilde. "E il ruolo di Emiliano e Silvia?" disse. "Perché mi avrebbero mentito? Non dimentichiamo che Milio stava lavando le macchie del sangue di suo padre dalla cava di tufo. Per quanto ne sappiamo, gli unici a sapere dell'appuntamento tra me e Carlo erano loro due."

"Per quanto ne sappiamo," convenne il caporedattore. "Ma noi, sappiamo tutto?"

Matilde scosse la testa: "Secondo me nun sapimm' proprio niente, Giulietto!".

Restarono in silenzio per un po', infine Scalinger riemerse dai suoi pensieri: "Il problema è che questa storia non ci è chiara dall'inizio".

"In che senso?"

"Voglio dire: qual è il suo attacco, donna Matilde? L'incipit del pezzo, come si dice in gergo giornalistico."

"Non lo conosciamo."

"Perché ci sfugge il motivo per cui Montanari volle incontrarvi quella notte."

"Appunto."

La situazione dei promessi sposi era il secondo fatto importante che emergeva dalla lettera di Carlo.

Emiliano e Silvia erano a conoscenza di molti più dettagli di quanto facessero intendere, su questo non ci pioveva. Carlo si fidava dei due, forse troppo, visto che nella lettera chiedeva a Matilde di rivolgersi a loro per farsi raccontare i dettagli del misfatto. Invece i ragazzi lo avevano tradito. Come minimo erano dei bugiardi, al massimo erano colpevoli di un orrendo delitto.

"O forse complici," intervenne Scalinger.

Matilde alzò lo sguardo. "Che vuoi dire?"

“Nella lettera si parla dell’‘ignominia compiuta da quell’uomo’,” replicò il caporedattore. “Di chi sta parlando? C’è un terzo uomo in questa vicenda, il colpevole è lui.”

Era senz’altro possibile, ammise Matilde. “Tuttavia c’è qualcosa che mi sfugge,” disse. “Qualcosa di personale, di più intimo. *Ignominia*... Sì, mi convince: sento che è qui che bisogna indagare.”

“Volete dire che lo sventramento potrebbe non essere maturato in seno alla questione del rinnovo della Convenzione, ma per motivi personali?”

“Le ragioni potrebbero essere sia private sia pubbliche, entrambe ricondotte a un’unica mano di assassino.” Matilde esitò, come per raccogliere le idee, poi proseguì in tono più convinto: “Lo sventramento di Montanari è un messaggio, ha un significato preciso. Lo faccio a te, ma in realtà lo sto facendo a tutta la città. Come ragionamento potrebbe funzionare?”.

Scalinger la guardò compiaciuto.

C’erano tanti motivi per cui donna Matilde era stata la prima ad affermarsi in diversi campi, pensò. C’erano tanti motivi per cui la gente ne leggeva i “Mosconi” e i romanzi. C’erano tanti motivi per cui attrici, poeti, cantanti, membri della Casa Reale, del governo, letterati e pittori amavano la sua compagnia. C’era, però, un motivo sconosciuto a tutti gli altri, per cui lui la amava: Matilde otteneva sempre ciò che voleva, e ci riusciva grazie alla sua intelligenza.

“Voi dite?” le chiese.

“Sì, ne sono abbastanza sicura,” rispose lei. “Eppure mi manca un pezzo. Chi aveva interesse a fare una cosa del genere?”

Fissò la macchina da scrivere. Per un attimo le sembrò che il martelletto avesse cominciato a battere da solo, imprimendo una alla volta le lettere sulla pagina bianca: a poco a poco le parole si formavano e poi si muovevano dal foglio alla stanza come se danzassero.

Era l'inizio della focalizzazione.

Quelle parole, che la miopia non le permetteva di decifrare, svolazzavano come canarini intorno al pizzetto di Scalinger, ai volumi stipati negli scaffali, tra i fogli sulla scrivania, scendendo dalla finestra. Ovunque, parole che non riusciva a mettere a fuoco. A un tratto, in quella massa informe le sembrò di distinguere una parola:

INCIPIT

Che cosa c'entrava? Per un attimo restò interdetta, senza sapersi dare una spiegazione. Doveva tornare all'inizio della storia? Quella di Carlo? Di Emiliano e Silvia? La sua? All'improvviso, il lampo di un'intuizione.

Si volse verso Scalinger: "Che cosa hai detto prima?".

"Quando?"

"Poco fa, Giulietto. Hai detto che ci manca l'inizio della storia."

"Sì, l'incipit..."

Matilde mise le lenti e di colpo le parole nella stanza sparirono, come se un direttore d'orchestra avesse ordinato agli strumenti di tacere. Più nulla volava nell'ufficio. Il martelletto dell'Olympia tornò immobile, il foglio bianco. Afferrò la lettera di Montanari dalla scrivania, se la infilò nella cintura e si alzò.

"Dove andate?" chiese Scalinger, mentre lei usciva in fretta dall'ufficio. "Da Milio e Silvia? Vi accompagno..."

Matilde alzò una mano per bloccare l'impeto del caporedattore: "Non ancora, Giulietto, dai ragazzi andremo dopo. Prima devo ricominciare dall'inizio e tornare all'incipit di questa storia...".

"Quindi hai visto le mucche e il vaccaro che le tirava per la fune, è così?"

Il bambinetto annuì.

"E poi hai visto il signore addormentato per strada a cui le mucche hanno cantato la ninna nanna?" insisté Matilde. Stava camminando su e giù nel basso ai Ventaglieri: era uno dei più lerci, cadenti e miserabili che avesse mai visto.

Il bambinetto annuì di nuovo.

"E dopo? Non hai visto nient'altro?"

Fece di no col capo.

"Va bene, ti lascio in pace," sospirò Matilde. "Peppì," disse poi, "ho saputo che ti piace il latte. Guarda qua che ti ho portato."

Tirò fuori da un fagotto una bottiglia di vetro, che passò alla madre.

"Grazie, signora Serao, grazie mille. Non vi dovevate disturbare," si sperticò la donna.

"Non c'è di che, è solo una sciocchezza per la creatura."

Matilde lanciò uno sguardo al bambinetto, che sedeva dietro la tavola, poco distante dal braciere, con le gambe penzoloni e lo sguardo perso nel vuoto. Sussurrò alla donna: "Non parla molto, eh?".

La madre del bambinetto stringeva la bottiglia di latte con una presa famelica. "Dopo aver visto il cadavere di quell'uomo con le viscere da fuori ha smesso di parlare," disse. "All'inizio faceva domande, era curioso. Certo, era rimasto un po' impressionato, ma ho pensato che fosse normale. A chiunque sarebbe venuta una scippacentrella, dopo aver assistito a uno spettacolo del genere. O no?" Sistemò la bottiglia nella credenza. "Poi, col passare dei giorni, mi sono accorta che non smetteva di tornare alla finestra, da dove aveva assistito alla scena."

"È stato il primo a dare l'allarme nel vicolo, non è vero?"

"Sì, un pandemonio di guardie, medici, portantini... Tutti a fargli domande su domande, ma da allora Peppì non apre più bocca se non per masticare quel poco di cibo che ogni giorno riesco a mettere in tavola. Suo padre, pace all'anima sua," la donna si fece il segno della croce, "è morto tre anni fa, durante il collaudo della Funicolare a Chiaia."

Matilde sentì tirare la gonna: era il bambinetto.

"Che c'è, Peppì?" gli chiese con un sorriso.

Si accorse che in mano stringeva un pezzo di carbone esausto sottratto al braciere.

La madre lo rimproverò: "Stai attento!" gridò. "Rischi di sporcare la signora, posalo e vattene di là!"

"Non vi preoccupate, non fa niente se mi macchia un po' la veste." Matilde si rivolse al bambinetto: "Vieni, vieni a metterti qui sulle mie gambe, giochiamo un poco...".

Lasciò che Peppì le salisse a cavalcioni sulla gonna larga e che iniziasse a toccarle il viso paffuto con un dito.

"Mi dispiace per vostro marito," disse poi, cercando di schivare il pezzetto di carbone. "Mi ricordo di quell'incidente. La causa in tribunale poi come andò?"

La donna sbuffò. "Come doveva andare? Non potevo permettermi di pagare un azzeccagarbugli e accettai quel poco che i piemontesi mi diedero come risarcimento. Che cosa potevo fare?"

Il bambinetto strattonò di nuovo Matilde. "Che c'è?" gli chiese lei. "Mi vuoi dire qualcosa?"

Peppì le si accostò all'orecchio e sussurrò: "Dopo non ho visto niente. Ma prima sì...".

Le due donne si scambiarono un'occhiata sorpresa.

"Ha parlato? Uh, Gesù, ha parlato... Vieni qua, a mamma, fatti dare un bacio!" La donna abbracciò il figlio e si mise a stropicciarlo. "Domani vado al Duomo ad accendere un lumino a san Gennaro che mi ha fatto la grazia..."

"Ma quale grazia!" esclamò Matilde. "Per favore, cerchiamo di scomodare san Gennaro per fatti più seri." Afferrò il ragazzino per le spalle e se lo sistemò meglio sulle gambe. "Qua si tratta soltanto di una creatura a cui nessuno aveva fatto la domanda giusta, è vero?"

Peppì annuì.

"Bene," disse lei. "Che ne dici di raccontare a zia Matilde che cosa hai visto *prima*?"

Sotto lo sguardo perplesso delle due donne, il bambinetto intinse le dita nella parte friabile del carbone che stringeva nell'altra mano e iniziò a dipingere il volto di Matilde, come se la stesse truccando.

"Chè stai facendo?" si allarmò sua madre. "Lascia stare la signora Serao, non ti permettere!"

"Shhh! Lasciatelo fare."

Dopo aver concluso il disegno, Peppì scrutò la propria opera impressa sul volto di Matilde e, come se gli avesse ricordato qualcosa di tremendo, sbiancò.

"Che c'è?" chiese lei. "Sono così brutta?"

Il bambinetto scosse il capo e mormorò: "Baffi...". Poi, senza aggiungere altro, scese dalle gambe di lei e andò a rintanarsi sulla brandina dall'altro lato del basso. Sembrava spaventato.

"Scusatelo, signora Serao," intervenne sua madre. "Purtroppo, da quando è successo il fatto si comporta sempre più come un lazzarone."

"Non vi preoccupate."

"Ecco, tenete. Pulitevi." La donna allungò uno strofinaccio a Matilde. "Di là c'è uno specchio con la tinozza d'acqua, se vi serve."

"Grazie."

Matilde prese lo strofinaccio e, senza mai staccare gli occhi dal bambinetto, si avviò pensierosa. Accanto alla finestrella da cui Peppì aveva visto il cadavere di Montanari, c'era un piccolo specchio opaco e ingiallito. Intinse lo strofinaccio nella tinozza, mentre ascoltava i rimproveri della madre al bambinetto: "Baffi?" stava dicendo. "Che ci azzeccano mo 'sti baffi?"

Matilde si guardò nello specchio e sorrise. "Peppì," disse, "mi hai fatto proprio due bei baffoni!" Fece per pulirsi il volto, ma qualcosa sulla sua immagine riflessa la spinse a fermarsi.

Sulle prime non capì.

Il ghirigoro nero cominciava da sopra il labbro superiore e terminava sulle guance formando un ricciolo che sul viso di un uomo sarebbe stato un po' inquietante. Questi mustacchi, pensò, li ho già visti da qualche parte.

Si specchiò di nuovo, cercando di rammentare.

Nel momento esatto in cui le tornò in mente il volto imponente e maligno del Baffuto, che insieme ai suoi sgherri alla Duchesca cercava di invogliare gli abitanti a vendere le loro case e a indebitarsi per le nuove costruzioni in collina – "Voi, signora bella. Esprimete pure i vostri dubbi, d'altronde siamo qui per questo" –, il bambinetto dall'altra parte del basso disse a sua madre: "Un signore con i baffi ha portato il morto nel carretto e lo ha scaricato per terra prima che arrivassero le mucche!".

## *Trentatré*

Matilde bussò forte alla porta del basso alla Duchesca.

"Chi è?"

"Apri, Milio. Sono Matilde."

"Jatevenne!"

"Apri subito," replicò lei con un tono che non ammetteva rifiuti. Diede un'occhiata al pizzetto da solone e alla stempiatura alta dell'esangue Scalinger che le stava accanto. "Altrimenti la faccio sfondare dal criminale che mi sono portata dietro, un pezzo di avanzo della Vicaria fatto e finito che non hai idea!" E poi, sussurrando, al caporedattore: "Perdonami, Giulietto...".

Scalinger annuì comprensivo. Non gli dispiaceva, anche se per finta, di venir rappresentato in modo così virile.

Si sentì scorrere il chiavistello e la porta del basso si aprì. Emiliano Montanari apparve sull'uscio, stavolta impossibilitato alla fuga: Ucceldibosco era finito in gabbia. Alle sue spalle, c'era Silvia.

"Guarda qua, guagliò," disse Matilde entrando in casa. Sventolava la lettera di Carlo. "Tuo padre mi ha scritto il giorno in cui lo hanno assassinato. Mi ha raccontato tutto, è su carta!" Si girò verso Scalinger e gli fece l'occhiolino. Chiaramente, pensò il caporedattore, era un bluff.

"Se tu e la devota a san Pantaleone qui presente non mi raccontate subito la vostra versione, e che cosa ha a che fare con la morte di Carlo quel fetente coi baffi della De Sanctis Costruzioni," continuò 'a signora, "dovrete renderne conto al capitano Barbatello. Dubito che l'eroe del Cavone sarà clemente con voi come lo sono stata io finora!"

Quindi, sotto la minaccia di chiamare i carabinieri, i due promessi sposi si misero a cantare come usignoli di campagna.

La storia, in effetti, affondava le radici in un luogo distante dalla città, un anfratto remoto della civiltà dove era ancora possibile ascoltare il canto degli uccellini tra i rami del pino loricato. Un posto in cui la Belle Époque, con i suoi café chantant, i teatri, le orchestrine, i locali notturni, le costruzioni di vetro e acciaio, le tramvie, i negozi, le funicolari, i panfili, le lampadine elettriche, non era arrivata e forse non sarebbe arrivata mai.

Dalla Lucania, dove aveva trascorso gli anni dell'infanzia più felici, Silvia non era partita da sola, ma con sua madre, donna Giovanna. Quest'ultima era la maestrina comunale di Melfi, nota a tutti in città per essere la vedova del ferroviere e la madre di quella ragazzina selvatica, che dava da mangiare le pietre ai gatti e litigava con gli asini, tirandogli appresso le olive.

Da qualche tempo, complici la solitudine della vedovanza e una desiderabilità ancora palpabile, la donna era finita al centro di alcuni pettegolezzi. In particolare da quando, nel settimo anniversario della dipartita del ferroviere, aveva iniziato a ricevere le attenzioni sgradevoli di un prepotente di paese.

Era un uomo detestabile, con una grossa pancia e il volto sudaticcio, che ansimava sempre. Il tipico pacchiano del Sud destinato a tirar presto le cuoia a causa della fragilità di cuore, eppure non moriva mai e andava avanti, importunando le donne sole e belle come Giovanna.

Motivo per cui, per mettere a tacere le malelingue, su suggerimento del sindaco lei si era dimessa dall'incarico e a quel punto, senza casa né denari, aveva commesso il fatale errore, così diffuso tra i meridionali, di provare a barattare l'infelicità e la miseria della campagna con l'infelicità e la miseria della grande città.

Arrivata a Napoli con una figlia in età puberale, trovò impiego come donna a servizio presso certi signori di Chiaia, che pagavano bene e le diedero una casa per evitare che entrambe trascorressero notti insonni e malsicure al fondaco Scannasurice, un intrico verminoso di vicoletti e vicolucci, dove i ratti bisognava prenderli con lo spadone, e non entrava mai la luce del giorno e tutto era oscuro e lubrico.

Fu così che quando donna Giovanna si ammalò e si ritrovò costretta a letto da un'infermità delle ossa – per i medici napoletani, le malattie dei poveri non avevano mai un nome, mentre quelle dei ricchi spesso ne avevano di complicati ed esotici, come febbre tifoidea, artrite, difterite, gonococcosi –, il lavoro di serva passò di madre in figlia e Silvia iniziò a frequentare la dimora dei signori a Chiaia. Finché un bel giorno tornò nel suo basso e capì di essere incinta del padrone.

Il Capitalista, così lo chiamavano.

"Ti ha preso contro la tua volontà?" le chiese Matilde. "Ti ha costretta in casa sua?"

"No, mi sono concessa a lui senza violenza," rispose la ragazza. "Anche se, di certo, non liberamente."

'A signora e Scalinger ascoltavano in silenzio, colpiti dal racconto della servetta. Emiliano, in un angolo, si mordeva le labbra.

L'uomo, uno degli imprenditori più benestanti e noti della città, l'aveva ghermita sotto ricatto. In cambio del suo corpo, le aveva detto, non solo le avrebbe permesso di continuare a occupare il basso dove viveva con la madre inferma ma lo avrebbe anche risparmiato dall'abbattimento previsto nel piano di risanamento della città dopo l'epidemia di colera.

"Spogliati," le aveva detto. "E scoprirai come sia possibile che in certi uffici comunali, di punto in bianco, un burocrate possa cambiare idea con un colpo di lapis..."

Così, Silvia aveva accettato il tremendo sopruso.

Ma un uomo di così grande prestigio, ammogliato, membro onorario del Circolo Italia, già sei volte padre – almeno ufficialmente –, non poteva concedersi il lusso di suscitare pettegolezzi nei palazzi del potere o tra i borghesi che frequentavano la Galleria Umberto I a causa di un'insignificante servetta che portava in grembo il frutto del suo seme.

Silvia nascose il suo stato fin quando fu possibile. Scoperto l'inganno, il Capitalista spedì la ragazza in convento a Montemarano, in provincia di Avellino, fino al giorno del parto, che si rivelò più complicato del previsto.

"Ecco spiegata la cicatrice..." mormorò Matilde, che con le lacrime agli occhi invitò la ragazza a proseguire. "E il bambino?" le chiese. "Che fine ha fatto?"

“Me l’ha portato via, strappandomelo dalle viscere!” disse Silvia stringendo la cintura della vestaglia che nascondeva la ferita sull’addome. “Avete visto il segno che mi ha lasciato?”

La cicatrice, continuò, era stata la conseguenza di una sutura frettolosa da parte del dottore, a cui interessava soltanto prendere il bambino e consegnarlo al Capitalista.

“Lo ha dato a una contadina di Montemarano, che lo sta tirando su per metterlo a faticare nei campi. Nei suoi campi.”

Dal giorno del parto, Silvia non aveva mai più rivisto il figlio. Di tanto in tanto, quella canaglia del Capitalista bussava ancora alla sua porta per soddisfare i suoi immondi desideri carnali, abusando di lei sotto la minaccia di toglierle il lavoro e la casa e di rispedirla a morire di fame lì da dove era venuta.

“Sono trascorsi già due anni, nemmeno il nome della creatura conosco,” concluse la ragazza tra le lacrime. “Mia madre, intanto, se n’è andata in cielo senza averlo mai visto...”

Matilde la abbracciò e pianse insieme a lei.

A quel punto, prese la parola Emiliano.

“Il nostro odio verso quell’uomo era diventato intollerabile,” disse. “Al punto che decidemmo di assassinarlo.”

“E tuo padre?” gli chiese Matilde. “Non si era accorto di nulla?”

“Certo,” annuì Ucceldibosco. “È per questo che, dopo aver intuito il nostro progetto, cercò di ostacolarci.”

“Come?” chiese Scalinger.

“Sulle prime minacciò di informare la questura, ma il suo era solo un tentativo di intimorirci e noi lo sapevamo.”

Carlo non avrebbe mai denunciato suo figlio, allo stesso tempo però avrebbe fatto di tutto per impedirgli di sporcarsi le mani di sangue e finire in galera. Intanto Emiliano urlava, minacciava, architettava la sua vendetta. Silvia, sempre più irrequieta, scivolava accanto a lui giù per quella china delittuosa.

Un giorno, il *camarade* Montanari ebbe l’idea: risolvere la questione alla maniera di un socialista, vale a dire abbattendo la borghesia.

Che il Capitalista, capace di sventrare una ragazzina e sottrarle la prole, meritasse una punizione esemplare, forse persino la morte, era fuori di dubbio. Ma non sarebbe stata la mano di suo figlio né quella di Silvia a impartirgli la lezione. Non era così che agivano i proletari: la rivoluzione non era un delitto.

Carlo prese informazioni, cominciò a leggere regolarmente i giornali, a raccogliere prove; arrivò persino a convincere alcuni titubanti consiglieri comunali a svelare in che modo il Capitalista stesse ghermendo la città, oltre che la promessa sposa di suo figlio, con le sue luride mani.

Così scoprì che l'uomo, temuto da carabinieri e giornalisti, stimato dai reali e invidiato dal popolo, era nient'altro che il burattino dei banchieri riuniti nel consiglio di amministrazione della Società per il Risanamento, a cui era stato affidato il compito di fare in modo che il Consiglio comunale procedesse senza intoppi al rinnovo della Convenzione. L'unica maniera per ricevere un fiume di denaro da Roma e saccheggiare, ancora una volta, Napoli con la scusa di salvarla.

"Questo è il punto della storia," disse Emiliano, "in cui entrate in gioco voi, signora Serao."

"Io?"

Per la prima volta, da quando il racconto era iniziato, Scalinger spostò l'attenzione dai ragazzi a Matilde.

"Sì," rispose Emiliano. "Proprio voi."

L'idea escogitata da Carlo per salvare il salvabile era semplice quanto ingegnosa: giacché rivolgersi alle forze dell'ordine sarebbe stato inutile, poiché mai il capitano Barbatello avrebbe sostenuto la causa di quei miserabili, aiutandoli a ottenere giustizia contro il Capitalista, aveva deciso di rivolgersi alla stampa per mostrare fino a che punto arrivasse l'abiezione morale di uno tra i più stimati notabili del Regno.

Se Matilde Serao, donna e scrittrice, avesse visto con i suoi occhi il modo in cui quell'uomo abusava di una povera serva a cui aveva sottratto il figlio, di certo non avrebbe voltato lo sguardo. Se Matilde Serao avesse raccontato quella storia su "Il Mattino", persino la regina Margherita ne sarebbe rimasta indignata e avrebbe chiesto a suo marito il re di intervenire. Solo così l'ignominioso castello di bugie del Capitalista sarebbe crollato. Infangata la sua immagine pubblica, o meglio mostratala per quel che era, non sarebbe stato approvato nemmeno il rinnovo della Convenzione in Consiglio comunale.

O almeno, era ciò che sperava Carlo.

"Papà era certo che avreste pubblicato tutto sul giornale," disse Emiliano. "Primo: perché eravate l'amica del cuore di mia madre. Secondo: perché vi considerava la migliore scrittrice della nostra epoca."

"Davvero?"

"Per questo volle parlarvi," proseguì Emiliano annuendo. "Per questo ci saremmo dovuti incontrare sotto l'arco di Sant'Eligio a mezzanotte. Per portarvi qui e farvi vedere con i vostri occhi ciò di cui quell'uomo è capace..."

"E poi cos'è successo?" intervenne Scalinger. "Come è possibile che qualcuno abbia scoperto il piano di Carlo?"

Emiliano si avvicinò a Silvia, cingendola in un abbraccio. "Non ne ho idea," disse. "Quella notte, mio padre non venne da noi come d'accordo. Non sapevo nemmeno dove avevate appuntamento, non me lo aveva detto. Era svanito nel nulla, e poi, la mattina dopo..." Tentennò. "Venni a sapere che il corpo di un socialista era stato ritrovato ai Ventaglieri sventrato con un coltellaccio."

"E il Capitalista? Venne qui quella notte?"

Emiliano scosse il capo. "No. Non venne. Sono certo che sia lui il responsabile del delitto, il punto è che non ho prove per dimostrarlo. Come abbia fatto a scoprire il complotto, davvero non so...”

“Accidenti!” esclamò Scalinger.

Cadde il silenzio, rotto poco dopo dalla voce di Matilde: “Purtroppo,” disse, “credo di saperlo”.

La notte in cui s’era incontrata con Carlo in pizzeria, rammentò, aveva preso la decisione di tornare a piedi, ma poi ci aveva ripensato e si era avviata verso il San Carlo in cerca di una carrozza. Nel breve lasso di tempo necessario a coprire la distanza tra la locanda di Pietro il pizzaiolo e il colonnato del teatro, dove contava di reperire un cocchio, aveva avuto la sensazione di essere pedinata. Tuttavia l’inquietudine si era dissolta appena aveva visto il faccione timoroso di Baldassarre Pietrocola.

Il viceproto era corso fin lì, in seguito alla delazione di Arturo, per chiederle il prestito delle trentasei lire e spignorare l’abito nuziale di sua moglie. Perciò, convinta che l’ombra alle sue spalle appartenesse al tipografo, non ci aveva più pensato, e il sospetto che qualcun altro l’avesse seguita non l’aveva sfiorata nemmeno dopo la morte di Carlo.

Collegando a quei ricordi le informazioni ricevute dai due ragazzi, Matilde riuscì a poco a poco a ricostruire come potevano essere andate le cose la notte del delitto.

Forse il Capitalista sospettava da tempo un complotto ai suoi danni o forse qualcuno, tra i consiglieri corrotti che si annidavano nelle file dell’opposizione, gli aveva riferito delle insistenti domande da parte del *camarade* Montanari. Motivo per cui aveva deciso di mettergli uno dei suoi guappi alle calcagna: quando il solerte pedinatore – il Baffuto o uno dei suoi sgherri; più probabilmente uno di questi ultimi, poiché il Baffuto alla Duchesca non aveva dato l’impressione di riconoscerla – aveva scoperto l’abboccamento notturno tra il socialista e nientemeno che la signora Serao in persona in una pizzeria di via Chiaia, era corso a riferirglielo. Il timore di veder pubblicati i propri misfatti sul giornale aveva fatto il resto: si era convinto che l'unica soluzione fosse liberarsi di Montanari e ne aveva ordinato l'omicidio.

"C'è una cosa, però, che non mi spiego," disse Matilde rivolgendosi a Emiliano. "Perché l'altro giorno, dopo averti inseguito tra i vicoli alle spalle del Rettifilo, stavi lavando via le macchie di sangue di tuo padre da quella cava?"

Emiliano reagì con un sorriso amaro. "Neanche voi, signora Serao, vedete sempre tutto giusto," disse. "Come sapete, dato che mi avete pedinato più di una volta, per tirare avanti mi occupo di riscuotere i quattrini che il mio tenitore fa a palate col gioco piccolo. Di tanto in tanto, bisogna alzar la voce con chi non vuole o non può saldare i suoi debiti e a volte, ahimè, per convincerli bisogna fargli sputare un po' di sangue, facendosi un poco male alle mani..." Mostrò le fasciature di garza ingiallita che Matilde aveva già notato in precedenza. "Ma no, non sono un assassino... E quel sangue non era di mio padre."

"Quindi, non ti vendicherai dell'uomo che ha violato la tua futura sposa e ha ucciso tuo padre?" volle sapere lei.

Emiliano fece di no con la testa. "Vorrei, ma non posso," rispose. "Quel bastardo ci tiene in pugno." Lanciò uno sguardo verso Silvia.

"Ha minacciato di uccidere mio figlio nel caso in cui dovessimo dire o fare qualcosa," intervenne la ragazza. "Qualsiasi cosa. Ed è per questo che ce ne andremo da Napoli appena avremo i quattrini necessari per imbarcarci sulla nave per le Americhe."

"Fate bene!" si lasciò scappare Scalinger. "Andatevene il più lontano possibile a rifarvi una vita! Quello che è perso è perso, ma avete ancora un futuro davanti. A Nuova York ricomincerete da capo..." Si girò verso 'a signora: "Dico bene, donna Matilde?".

Matilde sospirò senza rispondere.

Era così che doveva andare?, si chiedeva. Così doveva essere per i giovani della città? Per i napoletani? Per i meridionali? Partire per un altrove migliore perché in Italia a farla da padrone erano rimasti soltanto i farabutti e la manovalanza dei farabutti? Non c'era altra soluzione che scappare all'altro capo del mondo per evitare di essere sventrati?

"Dico bene, donna Matilde?" ripeté il caporedattore.

Ancora una volta, lei non rispose. Poi, all'improvviso, sussurrò a voce così bassa che nessuno riuscì a udirla: "Salvare il salvabile...".

"Eh? Non ho capito. Che state dicendo?"

"Salvare il salvabile!" gridò lei.

## *Trentaquattro*

C'è una cosa che Matilde sa fare bene: scrivere.

Scrivere è accendere la luce, mettere a fuoco. Non è un caso che al primo piano di vico rotto San Carlo 7, oltrepassata la porta a vetri, nei corridoi della redazione la luce agisca come una meridiana per scrittori: al mattino entra dalle finestre per baciare i volumi accatastati negli uffici, a mezzodì si sposta come una carezza sui fogli di computisteria sulle scrivanie, infine nel pomeriggio piomba con un abbraccio sulle macchine da scrivere dei cronisti. Al crepuscolo, invece, il curioso orologio solare si trasferisce in tipografia e lì, nella malandata penombra dei sotterranei, la luce si trasforma nel fuocherello della candela che illumina il lavoro del compositore.

Con il racconto di Emiliano e Silvia, e la rivelazione del bambinetto, la luce per Matilde era più accesa che mai. Adesso i pezzi del rompicapo erano tutti davanti a lei: finalmente focalizzava.

Senza lenti, sguardo ipnotico, occhi chiusi rivolti sull'Olympia, i contorni dell'omicidio assumevano linee definite e l'orizzonte tendeva a restringersi su dettagli dalla consistenza sempre più evidente.

Tuttavia, come dall'oculista quando fissava la tavola optometrica, pur sapendo che lì, in fondo all'ultima riga, c'era una lettera e che il suo compito consisteva nell'individuarla e pronunciarne il fonema, la visione non era ancora nitida. Per gli occhi dei suoi pazienti, il dottor Rivera aveva una soluzione: cambiare la lente finché quella giusta avrebbe compensato il difetto che ne aveva generato la necessità.

Anche per il delitto Montanari bisognava che trovasse la lente adatta.

Prima lente.

Il Baffuto. L'uomo che aveva trasportato ai Ventaglieri su un carretto il corpo senza vita di Carlo, e che probabilmente lo aveva assassinato, era un dipendente della De Sanctis Costruzioni, la società che ogni giorno mandava in giro i suoi guappi per vicoli a convincere la povera gente a vendere le case e a trasferirsi in collina dove avrebbero respirato "la stessa aria della regina". E da quando, pensò Matilde, al popolo, a qualsiasi popolo, era stata concessa questa possibilità? Ammesso che un giorno i più miserabili tra gli abitanti di una città potessero godere di tale privilegio, perché mai ciò sarebbe dovuto accadere ai napoletani? Cioè ai più riottosi, disperati e ingannabili tra i popoli miserabili del mondo?

Non sarebbe accaduto.

Quei poveracci, attratti dalla chimera di una casa nuova e linda, avrebbero venduto per pochi spiccioli i loro bassi, che la De Sanctis Costruzioni avrebbe abbattuto per completare il paravento e succhiare i finanziamenti della nuova convenzione al fine di ingrassare ancor di più la propria insaziabile pancia.

La prima era una buona lente, ma la visione era sfocata.

Seconda lente.

Mentre rifletteva, a Matilde tornò in mente con la prepotenza di una fiamma ardente l'immagine di Carlo Montanari la sera del loro incontro, quando in pizzeria le aveva detto: "Hai notato nelle ultime settimane, da quando si è iniziato a discutere della Convenzione, quante imprese edili sono sorte a Napoli e per i suoi trentasei casali?".

Imprese edili voleva dire: mattoni, cemento, costruzioni, edifici, case. Magari quelle a Capodimonte e al Vomero che il Baffuto proponeva alla gente nei Sette Vicoli della Duchesca.

Ancora una volta, la De Sanctis Costruzioni avrebbe fatto un grande affare. Vendendo case inesistenti, creando debiti esosi verso le banche, cosicché i napoletani avrebbero dovuto ripagare all'infinito case che non avrebbero potuto permettersi.

Niente male quella seconda lente, pensò Matilde. Ma la visione non era ancora del tutto a fuoco.

Terza lente.

Alle parole di Carlo in pizzeria si aggiunse un'altra immagine, ancor più chiara: l'uomo basso e privo di charme intravisto qualche giorno prima in Galleria Umberto I, che Matilde aveva notato perché indossava un gibus mentre osservava soddisfatto, attorniato dai suoi lacchè, gli operai intenti a montare la tabella di rame con la scritta DE SANCTIS COSTRUZIONI.

Tre indizi facevano una prova.

Ecco i nuovi padroni, il "marcio che domina in città" di cui parlava il *camarade* Montanari, i protagonisti degli "inauditissimi fatti" che lei avrebbe denunciato su pubblica piazza se l'uomo con il gibus non avesse ordinato al Baffuto di assassinare Carlo.

Era lui il Capitalista, l'uomo che aveva strappato il bambino dal ventre di Silvia e aveva minacciato di ucciderlo.

Il suo nome era Ernesto De Sanctis, fondatore e proprietario della De Sanctis Costruzioni.

La terza lente sì, funzionava molto meglio.

Matilde inforcò gli occhiali. Adesso che i dettagli erano ben visibili, si disse, bisognava portare a termine il lavoro. Mettere a fuoco un problema non significava soltanto accertare i fatti e ordinarli in una sequenza logica, ma anche afferrarne il cuore pulsante e tirarne fuori una visione generale del mondo. Solo partendo dal quadro d'insieme si poteva chiedere giustizia.

Il cuore pulsante del problema era lo sventramento. Di Carlo, e della città.

Lo sventramento che il potere aveva ordinato anni prima, quando il re Umberto e l'onorevole Depretis erano stati in visita a Napoli per verificare con i loro occhi gli effetti del colera e avevano constatato le miserabili condizioni in cui versavano i napoletani.

Lo sventramento che il potere aveva affidato a una Legge Speciale, poi alla Società per il Risanamento e da questa, attraverso rivoli di quattrini più lunghi e puzzolenti di quelli del Lavinaio, alle fameliche banche romane, alle meschine aziende francesi, belghe e inglesi, alle ingorde industrie del Nord, ai furbi imprenditori locali come Ernesto De Sanctis.

Lo sventramento che negli anni era diventato la tavola imbandita dal potere con la carne e il sangue dei napoletani, il popolo perfetto con cui banchettare e su cui riversare le colpe dei propri fallimenti.

Lo sventramento che il potere opera col suo coltellaccio quando non può aggiustare gli uomini, convincerli a rigare dritto, a essere servi.

Lo sventramento, pensò infine, che ci farà finire tutti sul ciglio della strada alle prime luci dell'alba, aperti in due dal collo all'inguine e con la testa in una pozza di sangue, se non onoreremo il potere, se non ameremo il potere, se non diventeremo noi stessi potere.

Il potere non fa paura per ciò che fa, ma per ciò che è.

# 9.
# Come Napoli in una bella giornata

## *Trentacinque*

Un silenzio scintillante dominava il golfo, dal molo di Santa Lucia alle case bianche di San Giovanni a Teduccio e Torre del Greco, solo a tratti rotto dai gridi dei gabbiani o dal colpo di remi di un pescatore.

Sul ponte del *Fantasia*, ancorato nel porticciolo del Borgo Marinari, giugno sorprese Matilde con una bella giornata proclamata dall'azzurro raggiante del cielo.

Sotto i suoi piedi, negli abissi del mare cristallino, secondo la leggenda riposava la Sirena che più di duemila anni prima aveva dato origine alla città. Chissà se la Sirena aveva mai rimpianto di essersi impigliata laggiù, se aveva maledetto quella bellezza a portata di mano, per l'idea ostinata di una gioia possibile che invece era impossibile.

È proprio vero che la natura è indifferente al destino dell'uomo, pensò, altrimenti come spiegarsi una luce sulla città così magnifica a fare da contrappunto al più triste degli addii?

Scarfoglio la condusse sotto coperta.

"Allora stai partendo, Edoà?"

"Domani, al massimo dopodomani," rispose lui sprofondando nel divano. "Appena il tempo lo consentirà."

Entrambi scrutarono attraverso l'osteriggio: i marinai stavano lavorando sugli alberi, ancora privi di vele, pronti a salpare per la crociera nell'Egeo. Di tanto in tanto un'onda si abbatteva sul fianco del panfilo, velando il lucente biancore della fiancata.

"E D'Annunzio? Dove lo imbarcherai?"

"Non lo so..." Scarfoglio si grattò in testa, come sempre quando mentiva. "Di queste cose se ne occupa l'equipaggio. Credo da qualche parte in Puglia."

"Capisco," disse lei.

Unì le ginocchia e si lisciò con le mani la gonna a tinte primaverili. Dopo tanti anni insieme, era un gioco da ragazzi riconoscere una bugia di suo marito dal modo in cui roteava gli occhi o dal tono della voce. Avrebbe desiderato farglielo sapere, non per smacco o vanità, ma per metterlo al corrente di una verità dell'esistenza che ignorava da troppo tempo, e cioè quanto nudo e in balìa fosse ogni marito al cospetto della propria moglie, anche la più cieca e devota. Le donne sanno tutto dei loro uomini, pensò, è solo che a volte fingono di non saperlo.

Eppure, se quel matrimonio era diventato una mascherata, la responsabilità era anche sua.

Per un po' Matilde se ne rimase in silenzio a osservare, attraverso la luce che pioveva dai vetri, le fotografie dei paesaggi e i ritratti femminili alle pareti. Libri di africanisti in tutte le lingue, giornali di yachting e strani volumi di astrologia riempivano le scansie della sala. Sul cassettone di fronte, un vaso ricolmo di fiori.

"Non sapevo che a D'Annunzio piacessero le rose," si lasciò sfuggire.

"Invece pare proprio che sia così!" rispose Edoardo ostentando sicurezza.

Con ogni evidenza, rifletté Matilde, la donna che sarebbe andata in crociera con suo marito non era appassionata di violette. Eppure non avrebbe mai fatto torto alle rose, giudicando quegli splendidi fiori per la moralità di chi li avrebbe ricevuti al suo posto. Se qualcuna preferiva trascorrere in incognito le vacanze su una barca che portava il nome del romanzo scritto da un'altra donna, se intendeva violare il nido d'amore di un'altra coppia, muovendosi tra oggetti che non le appartenevano e tappezzerie che non aveva scelto, si accomodasse pure.

"Per quanto starai lontano?"

Scarfoglio sorrise. "È proprio da te chiedere a un uomo che non è neanche partito quando tornerà."

Matilde non replicò. Non aveva voglia di combattere per l'uomo che suo marito non era mai stato e non sarebbe mai stato. Un tempo, quando l'amore si esprimeva anche attraverso discussioni, ripicche e litigi, gli avrebbe reso pan per focaccia, gli avrebbe risposto che era proprio da lui attaccare il suo interlocutore per allontanare da sé ogni dubbio. Anche Tartarin, nei suoi appassionati *j'accuse* a mezzo stampa, agiva così: era il metodo Scarfoglio. Che fosse per colpire il ministro Nicotera, la massoneria, i socialisti, per attaccare gli oppositori al progetto colonialista o a una politica estera filogermanica, don Edoardo replicava con saette e colpi di stiletto.

"La sai una cosa, Edoà?" sbuffò. "Sono stanca. Ho trentasei anni e mi sento vecchia."

"Non sei vecchia, Tuffolina."

Adesso il tono di voce di Scarfoglio era diventato mansueto, quasi dolce. La complicità infantile era l'ultima cosa rimasta nella loro relazione. In alto il lume del *Fantasia* oscillava contro il soffitto.

"A me non importa," ricominciò lei. "Sono sempre stata vecchia, sin da ragazzina. Mi sono occupata di mia madre quando stava male, di mio padre quando non aveva un lavoro, poi di te, dei bambini, del giornale..." Si sistemò meglio sul divano. "Però una cosa non posso accettarla. E, al punto in cui siamo, devo confessartela."

"Dillo con parole tue."

"Non voglio più sentirmi una pianta velenosa quando sto con te. Perché è così che mi sento, e non da oggi che siamo infelici, ma da quando eravamo felici."

Scarfoglio fu sorpreso da quell'uscita bizzarra. "Che vuoi dire?"

"Una volta, ai tempi in cui vivevamo a Roma, ti chiesi di accompagnarmi a Napoli perché c'era il colera e volevo fare delle ricerche per scrivere il mio libro. Ricordi? Prendemmo il treno, ci fermammo a Ventaroli, volevo mostrarti dov'ero cresciuta." Il tono di Matilde era insolitamente pacato.

"Sì, ricordo."

"Per tutto il viaggio, mi tenesti la mano. Poi, all'improvviso, due uomini in uniforme passarono davanti alla nostra carrozza e tu me la lasciasti."

"Forse dovevo omaggiarli di qualcosa? Mi riconobbero?"

"No," disse Matilde. "I due uomini tirarono dritto. Ma ti bastò vederli passare per lasciarmi la mano."

"Non sono un tipo da moine in pubblico."

"Lo so," sospirò Matilde. "Ma non ho mai smesso di pensare alla tranquillità e allo sdegno di quel tuo gesto. La spontaneità della tua vergogna ce l'ho ancora in testa, ma erano anni felici, noi ci amavamo e l'amore obnubila anche le menti migliori. Mi trattasti come se fossi una pianta velenosa e io adesso, anche se sono troppo vecchia per rifarmi una vita, so che non voglio più esserlo. Né per te né per nessun altro..."

Più che a Scarfoglio, sembrava parlasse a se stessa.

Per tutta la vita, Matilde aveva pensato che il tradimento, oltre alla dissolutezza, comportasse troppa fatica: complotti, segreti, inganni, piccoli e grandi gesti che avrebbero reso vano il piacere per cui erano stati messi a punto. Eppure, se tutte quelle persone, uomini e donne, ricchi e poveri, istruiti e analfabeti, tradivano – anche in quel momento, pensò, chissà quante persone in città si stavano tradendo –, qualcosa di umano e comprensibile il tradimento doveva avere. Probabilmente qualcosa di ingannevole, una promessa di gioia, anche se poi si rivelava vana. Come Napoli in una bella giornata.

Le tornò in mente l'incontro di qualche giorno prima con Mario Giobbe alla pasticceria Fragalà, ai Tribunali. Chissà, si chiese, se era vero ciò che diceva, se anche lei aveva diritto a un po' di felicità.

È difficile darsi questa possibilità, pensò. L'infelicità è un bozzolo al quale poco alla volta ti abitui e da cui a un certo punto diventa impossibile liberarsi. Un'infelicità certa, ma moderata e gestibile, al contrario di una felicità incerta e senza organizzazione non ti costringe a scegliere, non ti spinge a rischiare, non ti catapulta da sola nel mondo per poi starsene lì, con un sorrisetto beffardo, in attesa del tuo fallimento: *Vai, Matilde, prova a spostarti dalla tua mattonella, vediamo di cosa sei capace... Ma non ne sarai capace.*

Ripensando a quel poeta dai pantaloni logori, un sorriso le affiorò sul volto.

"Non ne parliamo più, Edoà," disse, "sto sproloquiando. Riprenderemo ogni discorso al tuo ritorno."

"Dove andrete per le vacanze tu e i bambini?" chiese Scarfoglio, ben felice di spostare la conversazione su un terreno meno insidioso.

"In Engadina, credo. Prima però c'è la cerimonia per Sua Altezza Reale a Capodimonte a cui debbo presenziare. L'ho promesso a Lenor."

"Mi raccomando, fai buoni uffici. Negli ultimi tempi, i quattrini al giornale scarseggiano."

Cosa avrebbe dovuto rispondergli? Che, come in ogni occasione pubblica e privata, non avrebbe mancato di perseguire il bene del giornale? Che avrebbe recitato la parte della moglie felice e della cronista soddisfatta? Che avrebbe supplicato finanzieri e industriali di sostenere "Il Mattino" come solo lei sapeva fare? Tenere un panfilo a mare con un equipaggio di nove marinai da giugno a settembre costava trentamila lire: considerando che il prefetto Senise ne guadagnava dodicimila in un anno e un calzolaio quattro al giorno, era chiaro che salvare il giornale significava salvare Scarfoglio e lo yacht con cui avrebbe portato per mare qualche damina dall'accento francese.

Matilde tacque. A volte bisogna sputare il rospo, pensò, altre bisogna ingoiarlo. Eppure verrà un giorno, pensò, in cui il rospo finirà schiacciato sotto il mio tacco Luigi XV.

"A proposito del giornale," disse. "Oggi sono venuta qui per chiederti il permesso di intervistare Ernesto De Sanctis sul rinnovo della Convenzione. Vorrei ricavarne un articolo. Tu lo conosci bene?"

"Certo," disse Scarfoglio. "È un uomo intelligente e scaltro, molto simpatico. Ha una barca qui al Circolo Italia. Credo sia buon amico di quel cane di Schilizzi," continuò. "Fondamentalmente è un farabutto stimato dai banchieri romani che finanziano il risanamento. La sua impresa ha intenzione di nutrirsi di ogni singolo pezzetto delle baracche e dei bassi rimasti ancora in piedi." Sembrò sul punto di concludere il suo panegirico, poi corrugò la fronte. "Il permesso?" la scrutò perplesso. "Da quando Matilde Serao chiede il permesso di scrivere qualcosa sul nostro giornale?"

"Da quando mio marito ha minacciato di licenziare i nostri collaboratori, se mi avessero sostenuto nel mio folle progetto di scrivere qualcosa di diverso dai 'Mosconi'."

Se alla scrittrice bastava la focalizzazione, la donna voleva giustizia. Per Carlo, Annarella, Emiliano, Silvia... per se stessa. Solo che, per essere ammessa al cospetto di De Sanctis e provare a incastrarlo, doveva farsi furba e ottenere il consenso di suo marito. Era un mondo di uomini potenti ma imbelli, pensò, e per non restare ai margini doveva fare in modo che credessero di avere tutto il potere nelle loro mani.

Rifletté indecisa sulla possibilità di mettere Scarfoglio a parte dell'indagine che aveva condotto di nascosto per arrivare a scoprire la verità sul delitto Montanari. D'altronde, lui in politica era contro De Sanctis, contro Schilizzi, contro le banche romane, contro la Società per il Risanamento. Eppure no, concluse: davanti a una storia così turpe si sarebbe tirato indietro, avrebbe avuto paura. Era l'atto definitivo del suo allontanamento da Edoardo: lui avrebbe preso il mare, lei Ernesto De Sanctis. Per farlo avrebbe usato il giornale, il *suo* giornale: per un giorno ne sarebbe stata la direttrice e tutti avrebbero letto il suo nome. Non Gibus, non Tuffolina né Chiquita. Soltanto Serao, Matilde Serao.

"D'accordo," disse Scarfoglio con compiaciuto orgoglio, come se l'idea di intervistare De Sanctis fosse stata la sua. "È un bene che tu vada a incontrarlo. Non credo che tirerà fuori dei quattrini per una réclame sul nostro giornale, ma almeno non penserà che siamo contro di lui, alleati della curia e dei piccoli proprietari..."

## *Trentasei*

"Quindi, ritenete che la Convenzione per Napoli debba rinnovarsi a tutti i costi?"

"A tutti i costi non bisogna far nulla, signora Scarfoglio."

"Serao," disse lei senza pensarci.

"Serao, mi perdoni."

Matilde rimase sbalordita da se stessa: era la prima volta, da quando era sposata, che aveva trovato il coraggio di correggere un uomo per averla chiamata "signora Scarfoglio".

Tenne lo sguardo fisso sugli appunti, le lenti sul naso e il lapis tra le dita. A ogni risposta di Ernesto De Sanctis, eliminava la domanda precedente e passava alla successiva.

"Non si preoccupi, ci ho fatto l'abitudine."

"Una limonata?" chiese l'uomo. "Un'altra coppa di gelato?"

Matilde ripensò al tragitto sotto al sole cocente dell'andata, quando il cocchio di Arturo aveva imboccato lo sterrato sulla Riviera di Chiaia, alzando mulinelli di polvere che le avevano seccato la gola. "Un po' di quel gelato agli agrumi di Amalfi andrà benissimo!" rispose senza tentennare.

Con un cenno del capo, De Sanctis ordinò al maggiordomo, che attendeva in frac da pinguino sull'uscio dello studio, di portare altro gelato.

"Proseguiamo?"

"D'accordo, procedete."

Quella mattina, davanti allo specchio, Matilde aveva provato e riprovato più a lungo del solito la *mise* giusta. Agli occhi di De Sanctis avrebbe desiderato apparire elegante e nel contempo professionale, affascinante senza risultare civetta. Non voleva, insomma, risultargli indifferente.

Alla fine si era decisa per un vestito di mussola bianca, a maniche lunghe, con la chiusura alta al collo, impreziosito da ricami dello stesso colore. Di norma non avrebbe indossato un abito così in un'occasione formale, ma l'incontro con il mandante dell'assassinio richiedeva qualcosa che confondesse le acque.

"Come immagina il futuro della città? E le nuove case dei napoletani?"

Erano domande finte per un'intervista finta, eppure De Sanctis dava l'impressione di crederci. D'altronde, se non si era stupito che la giornalista che aveva incontrato Montanari il giorno prima del delitto adesso volesse dedicargli quattro colonne sul giornale, non doveva essere così perspicace. O forse lo era e aveva accettato per questo, invitandola nel suo studio alla Riviera di Chiaia con vista su Capri per studiarla da vicino e provare a intuirne le mosse.

Qualunque fosse la verità, De Sanctis si sistemò il cravattino e rispose: "Se il rinnovo della Convenzione sarà approvato, si edificheranno case luminose e dall'aria salubre, costruite con materiali che nulla hanno a che vedere con il legno imputridito e la sabbia marcia di cui sono fatti quei tuguri dove il popolo è abituato a vivere. Signora Scarf...".

Matilde alzò un sopracciglio e lo trafisse con un'occhiata di sbieco sopra le lenti.

"Signora Serao..." si corresse. "Nei secoli, Napoli ha avuto un'espansione in verticale, i suoi edifici sono concentrati all'interno di un perimetro ristretto, il che ha generato gravi problemi di sovraffollamento, con tutte le conseguenze del caso: malattie, promiscuità, delitti..." continuò. "Adesso si tratta di far espandere la città in un altro modo, costruendo nuovi rioni, con edifici bassi, strade ampie e percorribili. Bisogna che i napoletani comprendano di non poter più vivere nei vicoli dove non entra nemmeno il sole..." Afferrò la limonata fresca. "Mi dovete scusare, non so neanche perché vi stia dicendo queste cose, considerando che siete stata voi a raccontarle per la prima volta nel vostro *libretto* di qualche anno fa."

Il potere moderno aveva l'aspetto di un uomo borghese dai modi gentili e dalle idee ragionevoli, pensò Matilde. Si informava sui giornali e leggeva libri – anzi, *libretti* –, indossava il gibus, una redingote di cotone leggero, offriva limonate in tazze di porcellana di Capodimonte e gelato agli agrumi di Amalfi.

Il potere moderno sosteneva di volere che il popolo vivesse in condizioni migliori rispetto al passato e in abitazioni più salubri, tuttavia non nascondeva di ricercare il proprio tornaconto, anzi, lo dichiarava apertamente, perché il bene del popolo e quello di chi comandava sul popolo nella Belle Époque non dovevano più essere inconciliabili come un tempo. Quel convincimento doveva appartenere a tutti, in particolare ai più miserabili, affinché nessuno di loro fosse attraversato dal dubbio che la felicità del capitalista fosse causa della propria infelicità, e non gli saltasse in mente di sovvertire l'ordine sociale.

Ma il potere moderno mentiva sapendo di mentire e, perciò, cercava di convincere il popolo a ingurgitare la minestra avvelenata dalla speranza: *Tutto migliorerà anche per voi*, sussurrava il potere moderno, *state tranquilli, state buoni, litigate su chi sia il più miserabile, datevi la colpa a vicenda per la fame che ogni notte vi morde lo stomaco e non vi lascia dormire, accusatevi di diffondere malattie, di essere responsabili di questo o quel delitto, pregate insieme la domenica a messa, abbiate una buona opinione dei carabinieri, festeggiate il Carnevale e poi tornate a spaccarvi la schiena per quattro lire al giorno, lavorate, lavorate sempre di più, se è il caso morite di lavoro, ma prima non dimenticate di contrarre un debito sulle case che costruiremo e poi vi venderemo, cosicché un giorno i vostri figli possano ereditare il debito, affinché la catena d'oro con cui vi abbiamo strozzati non si spezzi mai, nei secoli dei secoli.*

Il potere moderno non era poi così moderno, si disse Matilde, scrutando il volto inespressivo di Ernesto De Sanctis. Perché alla fine, quando le cose si mettevano male, tornava a essere quello di sempre e a fare quello che aveva sempre fatto: stuprava, rapinava, uccideva.

Sventrava.

A quanto pare senza lasciare tracce, concluse 'a signora, che dopo un'ora di colloquio e due coppe di gelato vedeva avvicinarsi il momento in cui De Sanctis le avrebbe dato il benservito e lei sarebbe tornata da Emiliano e Silvia senza prove in mano, costretta ad ammettere che non c'era nulla di salvabile, che salvarsi voleva dire scappare, porre l'oceano in mezzo tra la culla e la tomba, che nessuna verità e nessuna giustizia ci sarebbero state per Carlo, che il figlio di Silvia sarebbe rimasto orfano.

"Con il vostro permesso, vorrei porvi un'ultima domanda," disse lei. Tirò fuori dagli appunti alcuni fogli. Erano gli stessi che il Baffuto e i suoi uomini avevano distribuito agli abitanti dei Sette Vicoli della Duchesca, con i disegni delle case in collina. Ne allungò uno al suo interlocutore.

"Prego, sono a completa disposizione, vostra e dei lettori del vostro giornale," rispose affabilmente De Sanctis. "Di cosa si tratta?"

"L'altro giorno, c'era un uomo che distribuiva questi fogli con i progetti delle case che state costruendo tra Capodimonte e il Vomero. Sembrava molto convincente."

"Quell'uomo è il mio miglior dipendente, il più fidato della De Sanctis Costruzioni..."

Un brivido attraversò la nuca di Matilde. E se De Sanctis avesse ordinato al Baffuto di uccidere anche lei? Chi glielo avrebbe impedito?

Impossibile, si rispose, il potere moderno non era così stupido da uccidere una scrittrice, una personalità in vista, la consorte di don Edoardo Scarfoglio, nonché amica della regina Margherita. In troppi ne avrebbero parlato, in troppi avrebbero cercato la verità. Il potere assassinava i Carlo Montanari, gli Emiliano, le Silvia: uccideva soltanto coloro che avrebbe già potuto ammazzare.

"Quindi?" continuò De Sanctis. "L'ultima domanda per la vostra intervista c'è o non c'è?"

"Sì, certo..." balbettò Matilde. "Ciò che vorrei chiedervi è: siete certo, in qualità di amministratore della De Sanctis Costruzioni, che quanto c'è scritto su questi fogli corrisponda al vero?"

"Scusatemi, signora Serao, non capisco cosa state insinuando."

Matilde diede un colpetto di tosse. "La mia sensazione, sia detto senza offesa, è che sia una grande invenzione."

De Sanctis sorrise. "A quanto si sente dire in giro," replicò, "siete voi la vera direttrice del giornale e non vostro marito. Chi più di voi, dunque, s'intende di grandi invenzioni?"

"Lo avete letto?" insisté Matilde indicando i fogli e ignorando la provocazione. "C'è scritto che il popolo respirerà la stessa aria della regina. Leggete, leggete pure."

Per la prima volta dall'inizio del colloquio, De Sanctis parve incupirsi e una smorfia di fastidio gli modificò l'espressione. Bevve con calma un sorso di limonata e poggiò la tazza sul tavolino di mogano chiaro, il pezzo più pregiato dello studio.

"D'accordo," disse. "Se vi fa piacere, lo leggerò qui con voi."

Attirò l'attenzione del maggiordomo in frac da pinguino e gli chiese di andargli a recuperare le lenti in un'altra stanza.

Mentre aspettavano, Matilde ne approfittò per chiedere: "Anche vossignoria le dimentica sempre da qualche parte?".

"Sempre e dovunque."

Il maggiordomo rientrò e allungò le lenti al suo padrone, che le afferrò con un gesto deciso. Dopo averle inforcate, per un buon minuto esaminò il foglio rigirandoselo più volte tra le mani. "È solo una réclame dei nuovi immobili," concluse. "Non vedo dove sia lo scandalo. Oggigiorno è la norma, anche la quarta del vostro giornale riporta questo genere di inserzioni. Per caso siete stata a Milano negli ultimi tempi?"

"Non di recente," rispose Matilde.

"Io sì, per affari," proseguì De Sanctis. "La loro Galleria... che, detto tra noi, non vale un'unghia della nostra, ma siccome non è piena di lazzaroni appare più bella e decorosa, è tutto un florilegio di réclame di nuove bevande, essenze profumate, pellicce alla moda." Restituì il foglio a Matilde. "Ne convengo, non sempre l'oggetto reale corrisponde nei minimi dettagli a quello sui manifesti, ormai però così fan tutti, è... è il progresso!"

"Ma adesso stiamo parlando di case, non di pellicce," replicò Matilde. "Non so come sia la situazione a Milano, di sicuro qui da noi il popolo dorme ancora nei bassi e nei fondaci. I napoletani, anche se vedessero una bevanda su un manifesto, non avrebbero i quattrini per comprarla. La loro gola è destinata a restare asciutta."

"Va bene, signora Serao!" esclamò De Sanctis. "Prima o poi ci arriveremo anche noi. Avremo il desiderio di bevande sconosciute e i quattrini necessari per irrorare le nostre gole! Ora, però, con mio sommo dispiacere devo dirle che il tempo a nostra disposizione è finito..." Con un gesto plateale, De Sanctis si tolse le lenti, che per un attimo volteggiarono in aria lasciando una scia.

Il sangue nelle vene di Matilde si gelò.

La cordicella, si disse.

Illuminata dal riflesso del sole che entrava dalla balconata, la riconobbe. Era la stessa che aveva regalato anni addietro ad Annarella e che Carlo aveva con sé in pizzeria, ma che non era stata rinvenuta né accanto al corpo del *camarade* né nel basso ai Ventaglieri. La cordicella di cuoio con l'incisione *Non ti scordar di me*.

Ecco dov'era finita: nelle mani dell'assassino.

Come ci fosse arrivata, se dopo lo sventramento il Baffuto gliel'avesse portata a mo' di scalpo della vittima o se invece De Sanctis, nonostante il gibus e gli abiti eleganti, era uno di quei capitalisti a cui piaceva occuparsi personalmente del lavoro sporco, Matilde non avrebbe saputo dirlo.

Di certo, De Sanctis non si era accorto dell'incisione – d'altronde, per notarla bisognava sapere che c'era o possedere una vista molto acuta – e aveva finito per considerare quella cordicella alla stregua di un qualsiasi anonimo oggetto che, per il solo fatto di trovarsi tra le sue mani, gli apparteneva di diritto. Un diritto che valeva più della vita di Carlo, di quella del bambino di Silvia e di chiunque altro avesse provato a sostenere il contrario.

Tuttavia, a causa della sua ingordigia non si era disfatto della prova che lo inchiodava: un uomo che possedeva tutto era stato tradito dal bisogno di non perdere le sue lenti.

Sforzandosi di staccare gli occhi dalla cordicella, Matilde si congedò ringraziando De Sanctis per il tempo che le aveva dedicato. In realtà, dentro di sé avvertiva un putiferio di emozioni intricate e potentissime. *Ci sei quasi, Matilde*, sentì dire alla sua vocina interiore, *ancora un piccolo sforzo*.

"I lettori del giornale saranno felici di leggere un'opinione di grande spessore come la vostra," lo incensò un'ultima volta.

Senza più traccia di cordialità, Ernesto De Sanctis la salutò in modo algido, condendo il più formale dei saluti con uno sguardo che Matilde non riuscì a decifrare: si era ormai fatto l'idea che lei fosse inoffensiva e che lui non avesse nulla da temere da chi si guadagnava da vivere scrivendo *libretti*? O qualcosa, nel profondo del suo animo tetro e immondo, gli stava suggerendo l'idea di essere stato fregato e che presto avrebbe dovuto pagare per i suoi delitti?

Matilde non lo sapeva.

Sapeva soltanto che, fino a quando quell'uomo avesse avuto la cordicella di Annarella attaccata alle lenti, lei avrebbe avuto una possibilità di salvare il salvabile.

## *Trentasette*

Un'ora dopo, nella piazza di Monteoliveto, Matilde aspettava che il capitano Barbatello uscisse dalla caserma. Nonostante il caldo torrido, Calata Trinità Maggiore era un tripudio di osterie e locande che a pranzo vendevano per due soldi un tegame di maccheroni cotti e conditi con sugo di pomodoro e una montagnola di cacio piccante grattugiato.

"Capitano!" lo chiamò sorprendendolo alle spalle.

Barbatello si voltò, era tutto sudato. Con quel clima, rifletté 'a signora, carabinieri e donne pativano una comune condizione di sofferenza per via degli abiti troppo pesanti.

"Signora Serao," rispose il carabiniere. "Buongiorno. Anche voi a pranzo fuori?"

"Nient'affatto. Sono venuta a cercarvi."

Il capitano unì i piedi sull'attenti. "Bene, mi avete trovato. A cosa devo l'onore di questa imboscata?"

"Niente di importante," disse ironica lei. "Ho solo la prova che nessun socialista ha commesso il delitto Montanari."

"Ah, no? E dove starebbe questa prova?"

"Alla Riviera di Chiaia. Nello studio di uno degli uomini più importanti di Napoli," affermò con piglio fermo. "Se lo arresterete, guadagnerete due meriti: fare giustizia per il delitto di un innocente e salvare Napoli dall'abisso. Non credete che il re potrebbe decidersi, in virtù di ciò, a insignirvi della medaglia d'oro? Magari il più diffuso tra i giornali cittadini potrebbe favorire la cosa, promuovendo una campagna stampa a favore dell'eroe del Cavone tornato in auge..."

Barbatello la scrutò pensieroso. "Siete sicura di ciò che state dicendo?"

"Ho due ragazzi che sarebbero pronti a testimoniare e che vi porteranno in dote il movente del delitto... Ma sia chiaro che questo succederà solo se accerterete tutta la verità e poi arresterete quell'uomo."

Un rivolo di sudore scivolò sulla fronte del capitano. "Che ne dite di metterci all'ombra e parlarne con calma?" Lanciò un'occhiata attorno, guardingo. "Non mi fido. In questa caserma ci sono troppe orecchie in ascolto, qualcuno potrebbe spifferare ogni cosa al redattore di un giornale, vanificando i nostri progetti..."

Matilde sorrise. “Va bene, capitano. Offritemi un sorbetto e vi racconterò il fatto in ogni minimo dettaglio.”

*Trentotto*

La regina Margherita, infagottata nella toilette di seta rosa corallo, entrò con passo modesto nel Salone delle Feste, tagliando la folla degli invitati che le facevano ala sino alla poltrona reale, ringraziando con un sorriso distratto gli ammiratori e agitando per il gran caldo il ventaglio di tartaruga bionda e parchemin.

Giunta in fondo, dove la aspettavano il conte e la contessa Trigona di Sant'Elia, ma soprattutto il principe Vittorio Emanuele, si sistemò accanto al figlio e all'unisono alzarono lo sguardo verso l'orchestra, che aspettava un segnale dal direttore. Non meno di ottocento persone, tutte quelle convenute alla cerimonia in onore di Sua Altezza Reale, tacquero di colpo.

Persino gli invitati che, per ragioni di spazio e appetito, erano stati sorpresi dall'arrivo della regina ancora ai tavoli per la cena nella sala del buffet, lasciarono le posate e smisero con rammarico di ingurgitare i deliziosi *pâté de foie gras de Strasbourg à la gelée* e i *gâteaux napolitains à la chantilly* serviti in vasellame d'argento e accompagnati da Barolo in cristalli di Boemia.

I musicisti attaccarono a suonare e in pochi attimi la soave melodia di Giovanni Sgambati, scelta per allietare la sovrana, spalancò le porte ai danzatori: il ballo ebbe inizio.

Una fila di uomini in scintillanti abiti di gala avanzava tenendo ciascuno per mano due donne, ai lati. La gran parte erano bruttine, tarchiatelle, e si muovevano goffamente, ma vestivano con eleganza. C'erano abiti da festa di taffetà o damasco – chi ce lo aveva guarnito da fiori veri, chi da fiori artificiali –, tutti ornati con pizzo, nastri e pietre preziose. Le nobildonne napoletane ce la mettevano tutta per non sfigurare con le altre parigrado del regno, in un baccanale di guanti, braccialetti, solitari, diademi, collane di perle e riviere di brillanti.

Matilde sussurrò nell'orecchio di Lenor: "Te l'avevo detto, amica mia, Napoli e la nobiltà non vanno d'accordo! Questa sala gremita di damine è più luccicante del Tesoro di San Gennaro !".

Lenor era stupenda nel suo abito amaranto, stretta in un corsage con fiocco di merletto e un piccolo figaro a ricamo d'argento, rinforzato sul retro e con una scollatura a cuore davanti. Non aveva smesso per un istante di agitare il ventaglio da quando s'era accomodata sul divano. "Matildella, lascia correre! Sei troppo severa con i napoletani!" la rimproverò distribuendo sorrisi a destra e a manca agli ammiratori che la riconoscevano e salutavano con affetto. "Ma tu le vuoi bene oppure no a questa città?"

Matilde rimase spiazzata. Nessuno gliel'aveva mai chiesto, e non se l'era mai chiesto nemmeno lei. Poi, pentita dal sarcasmo con cui si era presa gioco dei suoi concittadini, disse qualcosa che nel frastuono non si udì. Intanto, una piccola folla di ammiratori più audaci degli altri si era avvicinata a Lenor: "Sublime! Impareggiabile! Divina!" la acclamarono in coro.

Matilde ne approfittò per andare a farsi un giro. Dopo aver omaggiato la regina con un inchino – "Suo marito, don Edoardo, somiglia al mio," le aveva detto la sovrana con sguardo triste e comprensivo. "Gli uomini come loro presenziano dappertutto, tranne che in famiglia" – non c'era altro da fare. Ogni festa, per quanto elegante e divertente, aveva un apice, superato il quale diventavano tutte prive di interesse. Si stava annoiando, avrebbe voluto andarsene.

Buoni uffici per il giornale, come le aveva suggerito Scarfoglio, ne aveva fatti, eccome. Alla cerimonia era stata invitata tutta la nobiltà cittadina, oltre a una vasta rappresentanza borghese selezionata dalla regina in persona. C'era il conte Arnone, in divisa dell'esercito, con l'aria di uno pronto a estrarre il fucile da fanteria; il duca Gravina e il banchiere Meuricoffre in cravatta bianca, che sembrava appena uscito dall'ufficio. C'era anche il suo vecchio editore di un tempo, "quel cane di Schilizzi", da cui tuttavia Matilde si tenne alla larga per evitare le solite sprezzanti battute: "Quegli ingrati degli Scarfoglio hanno fondato il loro giornalaccio con le centomila lire della liquidazione!".

Gli argomenti di conversazione erano sempre gli stessi: si parlava di cibo al buffet, di caldo quando ci si sventagliava e di sofferenze d'amore quando lo sguardo volgeva in direzione del principe, che a quanto pareva era ancora infatuato della baronessa Barracco, promessa sposa del marchese Lucifero di Aprigliànello, che con quel nome metteva paura persino ai membri della Casa Reale.

C'erano alcune facce nuove, perlopiù dirigenti stranieri della compagnia elettrica, del gas, della tramvia, delle fogne. Napoli era tutta una novità attorno a cui danzavano le belve più affamate, eppure nessuno tra i suoi abitanti, almeno tra i tendaggi bordeaux e blu della Reggia di Capodimonte, aveva voglia di mettere il naso nei purulenti interessi che si annidavano all'ombra della luce che la città attirava su di sé. Meglio godersi il buon odore del parterre di fiori sistemati a forma di stella italiana e di margherita, immensi cesti di garofani rosa, giacinti e una colonia di mughetti dalle fragranze seducenti, colti al mattino dagli inservienti nelle serre del Bosco di Capodimonte.

Scrutando il panorama umano, Matilde ebbe un altro dei suoi presentimenti: non sarebbe bastato arrestare Ernesto De Sanctis per ripulire il verminaio.

Persino il visconte de Grasset, a cui la legava una istintiva simpatia, quella sera le stava sul gozzo. "Donna Matilde," le disse lui, porgendole un bicchiere di grignolino, "avrei il piacere di invitarvi all'inaugurazione del nuovo complesso scolastico, che si terrà dopodomani alla presenza di Sua Altezza Reale il principe di Napoli. Naturalmente, sarei onorato se 'Il Mattino' pubblicasse un accurato resoconto dell'evento..."

"Mio caro visconte," rispose lei, "ci verrei, ma su quel suolo di vostra proprietà, dove è stata edificata la nuova scuola, c'è un contenzioso in atto tra voi e il Comune, che si è indebitato di ben seicentomila lire con la Cassa Depositi e Prestiti per bonificare la palude che c'è sotto. Chi pagherà per tutto questo?"

Il visconte, troppo lindo e sazio per occuparsi di faccende così triviali, sbuffò: "Donna Matilde, siete sempre così ostile!".

"Non lo sono sempre, siete voi e i vostri amici a non esserlo mai. E si capisce, perché mai dovreste? La vostra vita si svolge nell'Eden, mentre di sotto tutti gli altri bruciano nelle fiamme dell'inferno..."

De Grasset se ne risentì: "Se la mettete così, debbo replicare qualcosa che non vi piacerà affatto ascoltare".

"Dite, tanto non mi offendo."

"Siete pesante."

"Mi state dicendo che sono grassa?"

"No, che avete il cuore pesante. Non vi va mai bene niente! Come dobbiamo salvare questa nostra bella Napoli, se non accomodandoci un poco tra noi illuminati?"

"A me non sembra che stiamo salvando alcunché, tranne noi stessi." E, detto questo, stizzita gli diede le spalle.

"Venite qua! Donna Matilde, dove andate?" la richiamò il visconte.

Lei si volse appena. "Perdonatemi, visconte, ma devo allontanarmi. Qua intorno ci stanno troppi illuminati e m'è venuto male agli occhi..."

Imboccò un disimpegno che la condusse verso l'ala occidentale, di lì percorse le altre sale dove alloggiavano i preziosi dipinti della collezione Farnese. Nel silenzio marmoreo della Reggia, guadagnò l'uscita che dava a oriente e si spalancava sul giardino del Real Bosco, dove la frescura della notte la avvolse in un riposante abbraccio.

"Matilde!"

Era lui, Mario. La voce di un uomo senza titoli si riconosceva subito, perché non si preoccupava di tradire l'emozione che sentiva in petto.

"Buonasera, D'Artagnan." Matilde si voltò. "Come mai da queste parti?"

Mario Giobbe tolse il cilindro. Indossava una redingote scura, di almeno due taglie troppo grande, di certo presa in prestito, e portava i capelli corvini pettinati all'indietro. Quell'uomo, pensò 'a signora, era una perla nascosta tra le ombre e i sentieri che si allungavano a perdita d'occhio sotto i grandi alberi. Il biancore delle sclere, sullo sfondo del giardino buio che si spalancava alle sue spalle, gli risplendeva lucente negli occhi. Matilde si sentì accesa.

"Ho ricevuto un invito da parte della signora Duse per la festa in onore del principe," mormorò lui imbarazzato.

"Sì, Lenor è molto ostinata quando si mette in testa qualcosa," replicò lei, poi aggiunse: "Comunque, siete in ritardo: la regina sta per ritirarsi nelle sue stanze".

"Purtroppo non possiedo una carrozza e, non avendo entrature tra i cocchieri, sono arrivato fin qui a piedi. Tuttavia," continuò, "non potevo perdere questa occasione."

"Quale occasione?"

"Quella di incontrarvi," disse Mario.

"Noto con piacere che non avete perso il vostro ardore."

"Sono pur sempre un poeta meridionale dal temperamento melodrammatico."

Matilde si lasciò scappare un sorriso. "Eppure le vostre dita sono tutte ancora al loro posto."

"Vado a tagliarle subito, se lo ordinate."

"Non fatelo, ve ne prego. Vorrei che restaste tutto intero."

Stavolta fu lui a distendere il volto in un sorriso. "Avete ripensato alla nostra ultima conversazione?"

Matilde finse di doverlo ricordare. "Vi riferite a quel po' di felicità che meriterei?"

"Proprio a quello."

"In verità, non ci ho pensato. Ultimamente sono stata molto impegnata."

"A far cosa?"

"A salvare Napoli."

"Addirittura!" esclamò lui. "Allora avrete avuto un bel da fare."

"A tal proposito, avrei bisogno della vostra opinione in merito: ritenete che sia possibile salvarla, magari accomodandoci tra noi?"

"Noi chi?"

"I ricchi, immagino. Gli istruiti, i nuovi borghesi, i decadenti nobili, i notabili, gli illuminati! Insomma, la solita consorteria."

"Ah, *noi* nel senso di *loro*..." Mario ci rifletté. "Credo sia vero l'opposto," disse infine.

"Ovvero?"

"Soltanto non accomodandosi, salveremo Napoli."

"Voi dite?"

"Sì, dico."

Restarono a scambiarsi occhiate trasognate come due fidanzati. L'aria di giugno nel bosco era frizzante.

"Allora, che ne direste di fare due passi e discuterne? O è troppo tardi."

"Solo voi e io al buio? Non c'è da temere alcunché?" lo interrogò Matilde con aria dubbiosa.

"Sotto i nostri piedi scricchioleranno le foglie secche, non saremo mai soli," rispose Mario. "E poi c'è solo una cosa a cui tengo più che a voi, signora Serao."

"A cosa?"

"Al mio onore. Con me non avete nulla da temere. Se vorrete soltanto amicizia, da me avrete soltanto amicizia."

"Davvero?"

Mario annuì.

"Va bene, mi voglio fidare."

Matilde lo guardò ancora un po', perché guardarlo la rendeva felice. Poi, temendo di sembrargli inopportuna, si avviò verso il viale alberato. Dopo pochi passi si girò: "Allora, signor poeta? Andiamo?".

Lo sventramento...

## 10.

# Non ti scordar di me

*Trentanove*

Come ogni giorno, Teresella stava passando lo strofinaccio sulla porta a vetri col disegno del gallo. In quel momento si trovò a passare di lì Scalinger, pieno delle solite carte e cartuscelle.

"Shhh! Fate piano," lo rimproverò la donna a servizio. "'A signora sta finendo di scrivere l'articolo. Dev'essere un fatto importante, sono ore che si è inserrata..."

Scalinger fissò soddisfatto la porta dell'ufficio. Quella sera ogni cosa procedeva secondo programma: gli articoli dei cronisti erano arrivati – persino Ferdinando Russo aveva consegnato in orario –, i cliché allestiti, le lastre pronte, l'inchiostro riempiva le bobine e la Marinoni in tipografia già sbuffava nell'attesa.

Del clima euforico non sembrava curarsi Arturo, steso per terra nella sua posizione abituale, con la schiena poggiata alla ruota del cocchio, intento a fumare il suo avvizzito napoletano e a vagheggiare il cartoccio di panzarotti con carciofo, cavolo e alici che avrebbe acquistato con due soldi dal friggitore dopo aver accompagnato donna Matilde a casa.

Accanto a lui, afflitto dal calore piombato senza misericordia sulla città, il morellino sonnecchiava in piedi. Come ogni bestia ed essere umano che abitava a Napoli, stava sognando di mangiare qualcosa.

Dopo il crepuscolo, via Roma era finita al buio. La Galleria Umberto I era vuota, silenziosa, anche se la sua alta e imponente cupola dava la sensazione di contenere ancora un po' dell'eco della folla che per tutto il giorno l'aveva animata.

Intanto, nei sotterranei di vico rotto San Carlo, Baldassarre Pietrocola – che aveva ripreso il suo ruolo di viceproto da quando quel ciangrassone del tipografo capo era definitivamente guarito dall'infezione alle viscere – se ne stava seduto accanto al monaciello in tonaca rossa, ritto come un'asse di legno al suo compositoio. "Munacié, sei pronto ad azionare la leva?" chiese fremente, come ogni sera prima di mettere in funzione la rotativa.

Ninuccio mormorò con occhi pesti e spiritati: "Aspettiamo il grido di via d'a signora e partiamo".

In quel preciso momento, Matilde se ne stava seduta alla sua scrivania. Stava finendo di battere a macchina l'articolo che avrebbe pubblicato l'indomani, informando i napoletani e gli abitanti del Regno d'Italia dei "fatti inauditissimi" accaduti in città negli ultimi tempi.

La focalizzazione, per essere completa, prevedeva un ultimo passaggio: trasformare i fatti e la loro interpretazione in un racconto. Se non lo scrivi, se non lo pubblichi, se non lo legge nessuno, pensò Matilde, allora non esiste. Dunque alzò dalla pedaliera lo stivaletto col tacco Luigi XV, strappò il foglio dall'Olympia, inforcò le lenti e lesse:

*Buongiorno, amica lettrice. Buongiorno, amico lettore. È bene chiarire questo saluto: bisogna avvertire che una quindicina di giorni fa, con una bella luce tiepida e bionda, un bambinetto ai Ventaglieri si era svegliato con in bocca il desiderio di una tazza di latte. La povera creatura non poteva immaginare che non di bianco soave e candido si sarebbe tinta l'alba, ma del rosso scuro e ributtante del sangue di un uomo, trasportato fin lì per depistare le indagini e allontanare ogni sospetto dal colpevole...*

L'articolo proseguiva nel racconto di come s'erano svolti i fatti dal primo appuntamento di Matilde con Montanari, più o meno come li aveva appresi grazie al racconto di Silvia ed Emiliano, alle soffiate dell'ottimo Scalinger e alle sue intuizioni, fino ad arrivare all'incontro con Ernesto De Sanctis nel suo lussuoso studio alla Riviera di Chiaia, dove lui si era lasciato sfuggire quel dettaglio fatale:

*...Non sono bastati le perle nere e rosa al plastron della camicia né il portasigari tempestato di pietre preziose, né il gilet bianco a sei bottoni, a fare di quell'uomo un'immagine perfetta. Al contrario, è stata sufficiente un'umile cordicella per non smarrire le lenti a mostrare al mondo intero che lo scalpo di quel delitto gli appartiene, così come gli appartiene la colpa per averlo ordinato al suo migliore e più fidato dipendente dagli inquietanti mustacchi. Quest'ultimo, dopo aver tratto in inganno la povera vittima, l'ha poi condotto negli uffici del suo padrone – ricordalo sempre, amico lettore e amica lettrice: uno degli uomini più importanti di Napoli! –, ma durante lo strazio che ha fatto del suo corpo ha dimenticato di disfarsi della cordicella su cui anni addietro un'amabilissima donna aveva fatto incidere una frase che oggi sboccia profumata come il nome dei fiori primaverili:* Non ti scordar di me*! Quella cordicella, come ha scoperto il capitano Barbatello durante le sue accuratissime indagini, è stata ritrovata da un maggiordomo in frac da pinguino che, inconsapevole di tutto – cosa insolita, ne convengo, per un maggiordomo quando si tratta di delitti –, l'ha legata alle lenti che il suo padrone indossa ogni giorno, quando non le dimentica, pensando di fargli cosa gradita. Sono stati necessari tutta l'arguzia, la professionalità e l'intuito dell'eroe del Cavone per arrivare a cogliere un dettaglio tanto piccolo quanto fondamentale...*

Motivo per cui, continuava Matilde poche righe più in là:

*Nell'esatto istante in cui il lettore mattiniero leggerà questo articolo, macchiandosi le dita di inchiostro, scoprirà che il capitano Barbatello sta guidando un'importante operazione per condurre nella cella in cui merita di stare l'uomo che ha ordinato l'assassinio di Carlo Montanari, operaio calzolaio, padre, marito e socialista. Quest'ultimo era colpevole soltanto di aver desiderato salvare la vita di suo figlio, di sua nuora e dell'intera città, finita sotto la pessima luce degli speculatori...*

Matilde rilesse alla svelta la parte indirizzata alle autorità, sempre poco inclini ad accettare che i lettori sappiano come stanno certe cose:

*Dicono che non bisogna scrivere questo, perché il dichiarare insalubre Napoli significa allontanare da essa i forestieri che vengono a svernar fra noi; io rispetto e ammiro questi svernatori, ma la loro presenza non può consolare coloro a cui è morto qualcuno...*

Tornò a Ernesto De Sanctis: *Chissà se, mentre gli uomini dell'Arma lo trarranno in arresto, quest'uomo ripenserà al profondo messaggio d'amore inciso sulla cordicella. Chissà se ripenserà mai al suo delitto, perché egli è colpevole non solo dello sventramento di un uomo, ma di un'intera città, appartenendo alla foggia d'uomini che imperversano a Napoli da sempre, i quali pensano come don Abbondio che la peste sia stata un guaio, ma anche una bella scopa. Motivo per cui si apprestano a far approvare il rinnovo della sciagurata Convenzione in Consiglio comunale...*

Infine, concluse:

*Perciò, amica lettrice e amico lettore, ti prego: stai vicino a queste mie parole, ma anche a tutte le altre di chi ha coraggio di dire la verità, ai cronisti e agli scrittori che raccontano ciò che vedono. Leggete, leggete! Siate pesanti e non leggeri. Siate pesanti e pensanti. Solo così potremo non accomodarci tra noi e salvare il salvabile. Per quanto riguarda i forestieri, speriamo che non sappiano l'italiano o non leggano quello che ho scrit-*

*to, e speriamo che per la loro pace non abbiano l'abitudine di leggere i giornali. Mio caro lettore, mia cara lettrice, a presto!*

Matilde tolse le lenti, le poggiò sulla scrivania. "L'articolo è pronto," mormorò tra sé, poi si alzò e, con i fogli battuti a macchina stretti in una mano, andò ad aprire la porta. Un silenzio laborioso avvolgeva la redazione, con calma si avviò lungo il corridoio.

Giunta sull'uscio, aprì la porta. Un soffio di vento irruppe da basso, accarezzandole il viso, come la mano fredda di Annarella gliel'aveva accarezzato prima di esalare l'ultimo respiro.

Col cuore che scoppiava di nostalgia per l'amica e di speranza per l'indomani, quando l'articolo sarebbe stato pubblicato, Matilde prese fiato e con tutta la voce che aveva in corpo urlò: "Appicciate la Marinoni, si stampi!".

## *Quaranta*

"Come reagirà Scarfoglio quando lo leggerà?" le chiese Lenor chiudendo il giornale. "Credi che si arrabbierà?"

"Chi può dirlo, amica mia," rispose Matilde. "Non credo che l'eco del mio articolo giungerà sino al Mar Egeo. E poi a Edoardo interessano gli affari, non è tipo da svenarsi per i princìpi. Se le autorità hanno consentito al giornale di essere stampato e ai carabinieri di imprigionare De Sanctis, se ne farà una ragione..."

Diede un morso alla sfogliatella, sporcandosi come al solito di zucchero la punta del naso. "A che ora hai il treno?"

"Tra cinquanta minuti."

"È sempre triste quando te ne vai, Lenor."

"È sempre triste quando devo andarmene, Matildella. In questa città di pazzi mi trovo bene."

Per il viaggio Lenor aveva scelto una *mise* poco vistosa:

un abito bleu marin e un cappello grigio che rendeva la sua pelle più diafana del solito.

La carrozza per la ferrovia la attendeva al largo del Nilo, prima però la Duse era passata da Fragalà per ordinare una cartata di zeppole, monachine e sfogliatelle per addolcire gli impresari meneghini con cui aveva appuntamento. "Ricce e frolle in egual misura, non ha alcuna importanza," aveva detto poco prima Lenor al garzone che la serviva al bancone, afferrando le squisitezze dai ruoti di rame con una pinza. "L'importante è che siano càure càure, guagliò!"

Poi era arrivata Matilde con la copia del giornale e insieme avevano letto da cima a fondo l'articolo di cui tutti, in città e oltre, discutevano quel giorno. Grande era lo scandalo nel Regno d'Italia da quando Matilde Serao aveva indagato e poi risolto il mistero del delitto Montanari.

"Emiliano e Silvia?" si informò Lenor. "Che cosa faranno?"

"Si imbarcheranno per l'America con il bambino. Tra un paio di giorni è previsto un vapore al Molo San Vincenzo." Matilde sospirò. "E questo è!"

Lenor le afferrò la mano e gliela strinse. "Che c'è, Matildella?" le chiese. "Oggi sei la scrittrice più celebrata d'Italia, eppure sei triste. Non c'è angolo del Regno dove non si parli dell'impresa compiuta da Matilde Serao, la fondatrice de 'Il Mattino'!"

"Non mi pare di aver fatto chissà che cosa. Ho solo scritto un articolo," si schermì lei.

"Tu scherzi!" replicò Lenor. "Pensa a una fanciulla che oggi abbia più o meno la tua età quando ti iscrivesti alla Scuola normale femminile. Dovrebbe avere tredici o quattordici anni, è così?"

"All'incirca."

"Ricordi come ti sentivi all'epoca? Sola, smarrita, insicura nel definire i contorni di quel fuoco che ti si agitava dentro," continuò. "Quindi oggi, a Napoli e ovunque sia arrivato il nome di Matilde Serao, oggi c'è una ragazza come te, vogliosa di studiare, di affermarsi, ma povera e senza riferimenti al mondo, che non è più sola. Sa di poter ispirarsi a qualcun'altra per dare un nome al *suo* fuoco. E la scintilla, mia cara Matildella, l'hai accesa tu. Perché oggi hai vinto."

Nonostante sapesse che in un certo senso le parole dell'amica erano vere, Matilde non riusciva a convincersene. Aveva per davvero vinto? Forse a parole aveva dimostrato di poterlo fare, forse quel giorno ne sarebbe uscita in gloria e in futuro la sua carriera avrebbe raccolto i frutti di quel successo, ma in generale no, non aveva vinto affatto.

Non serve a niente vincere sui giornali, pensò, se nulla cambia nella realtà.

"Matilde, Matilde," l'avrebbe rimproverata il maestro Gandolin. "Che cos'è questa mania di cambiare il mondo? Non è compito tuo. Sei solo una scrittrice. Il tuo dovere è osservare e raccontare. Punto."

"Quindi, dobbiamo scrivere del male che ci circonda senza pretendere di modificarlo? Che senso ha?" gli avrebbe chiesto se un giorno avesse potuto parlargli ancora.

"Tu intanto scrivi, sapendo che non riuscirai a cambiare nulla, ma ricordando che ciò che scrivi è indispensabile," avrebbe risposto Gandolin. "Il mondo cambia a seconda di come lo vedono gli altri, e se modifichi anche di uno spillo il modo in cui la gente lo guarda, allora potrai cambiarlo. Le tue parole cicatrizzeranno il ventre di Napoli, lo feconderanno e un domani, chissà, la città potrebbe rinascere..."

Certo, poteva ritenersi soddisfatta di aver reso giustizia al povero Carlo, di aver aiutato Silvia a riavere il suo bambino, ma per il resto cos'altro c'era da festeggiare? In mattinata, prima dell'appuntamento con Lenor, Scalinger era entrato nel suo ufficio per comunicarle che il Consiglio comunale aveva approvato il rinnovo della Convenzione.

"Ce l'hanno fatta, donna Matilde. La maggioranza si è

compattata e il provvedimento è passato," le aveva annunciato.

Matilde aveva accolto la notizia senza scomporsi. "Che ci vuoi fare, Giulietto? Ce la fanno sempre. *Loro* ce la fanno sempre..."

Lo scandalo e l'emozione suscitati dall'articolo non erano riusciti a incidere sull'esito finale. Anche se la maggioranza aveva perso dei voti per strada, Napoli sarebbe comunque stata in mano al marcio che si estendeva ben oltre la De Sanctis Costruzioni. Il risanamento sarebbe andato avanti indisturbato, come una muffa contro cui non esisteva rimedio.

Finché le cause che hanno creato le condizioni dello sventramento non saranno rimosse, pensò, finché il popolo continuerà a vivere dietro il paravento in condizioni misere, la città avrà su di sé le luride mani degli speculatori, a meno che i napoletani non si ribellino. Ma lo faranno mai? Espose il suo dubbio a Lenor.

"Non si ribelleranno fino a quando le sfogliatelle saranno così buone e così a buon mercato," commentò lapidaria l'amica, pulendosi la bocca con un tovagliolo. "La frolla è l'oppio dei popoli."

Il garzone della pasticceria arrivò con la cartata di dolci per Lenor infiocchettata con un nastrino rosso. Le due amiche si congedarono. "Mi raccomando, Lenor," disse Matilde. "Fai buon viaggio e tienimi aggiornata sulle prossime recite." Le strizzò un occhio. "E naturalmente su chi la spunterà nella querelle tra Boito, D'Annunzio e... Volkov!"

Lenor si portò una mano alla fronte. "Oddio, Volkov! Quel malessere. Per un attimo me n'ero scordata!"

Scoppiarono in una risata fragorosa. Come sempre la voce di Matilde riecheggiò sopra le altre, attirando su di sé gli sguardi dei passanti.

Dopo aver lasciato Lenor, 'a signora si diresse verso la redazione. C'era ancora il giornale dell'indomani da chiudere, stampare e far distribuire agli strilloni.

Si incamminò prima lungo Spaccanapoli, poi imboccò piazza del Gesù, risalì Monteoliveto e infine si ritrovò travolta dalla folla tra San Nicola alla Carità e le Chianche, dove c'erano i soliti carretti di frutta ed erbaggi, il solito uomo sull'uscio dell'osteria che gridava: "Addorosa, addorosa, 'a spiritosa!", il solito venditore di soffritto con la sua catasta a cinque lire alla fetta, le solite donne di malaffare che accalappiavano i clienti.

Matilde si addentrò in quel budello di voci, suoni e odori. All'improvviso il garzone del venditore di spassatiempo si affacciò e tomo tomo buttò il solito secchio d'acqua fetente che per poco non la colpì in pieno. Stavolta Matilde fu più accorta ed evitò di infangarsi gli stivaletti.

Come d'abitudine, gli altri venditori osservarono la scena e scoppiarono a ridere indicandosela a vicenda, in attesa che lei li apostrofasse in malo modo. Matilde invece arrestò il passo, sollevò l'orlo della gonna e, una gamba alla volta, oltrepassò il rivolo di acqua senza fiatare, e anzi elargendo un sorriso in direzione di quei lazzaroni.

Ma sì, si disse ripensando alla domanda che Lenor le aveva fatto durante il ballo a Capodimonte, in fondo voglio bene a questa città maledetta.

Riprese a camminare e di volata attraversò via Roma. Per evitare i soliti perditempo, svoltò verso piazza Municipio. Anche lì c'era la Napoli di sempre. In un angolo, dopo il Bar Jolanda, vide la sciancata venditrice di lettere e cartoline che di solito proponeva la sua mercanzia sotto l'arco di Sant'Eligio recitare la litania: "Carta, tela, tela, carta... E so' sempe carte... Ccà nisciuno vo fà carte... Ce vonno 'e carte 'e mille lire pe fà carte... Carta, tela, tela, carta...".

Matilde le allungò un soldo e discese verso il Municipio,

pochi passi ed entrò nella Galleria Umberto I dalla scalinata principale.

La grande insegna IL MATTINO troneggiava sulla facciata al primo piano. 'A signora, senza nemmeno guardarla, attraversò l'angiporto e sbucò in vico rotto San Carlo. Salì la rampa, tirò la maniglia della porta a vetri ed entrò in redazione.

"È rientrata!" sentì bisbigliare.

"Mettetevi a faticà, è tornata!" disse un'altra voce.

I giornalisti, pensò varcando l'ingresso, sono fantasmi che sussurrano di giorno, pipistrelli rintanati in ufficio al pomeriggio e vampiri che non riescono a dormire di notte.

Ad accoglierla sulla scrivania c'era un fascio di meravigliosi fiori blu. "Mysotis brillanti..." mormorò tra sé, col cuore immerso nello zucchero, già pregustando chi potesse averli mandati.

C'era un biglietto. Matilde lo afferrò, lo aprì e lesse:

*Non ti scordar di me!*
*Tuo per sempre*
*M.*

*Nota dell'autore*

Questo non è un romanzo storico né una biografia.

Al contrario, vuol essere puro divertissement, gioco di invenzione e testimonianza di come in letteratura il vero si possa dire solo attraverso il falso.

Tuttavia, il divertimento e l'invenzione sono un fatto molto più serio di quanto si immagini, perciò scrivere questa storia è stato possibile solo grazie ad altri libri, articoli, tesi di laurea e podcast.

Per la figura di Matilde Serao sono partito da *Visibili, invisibili. Matilde Serao e le donne nell'Italia post-unitaria* e *La via della penna e dell'ago* a cura di Gabriella Liberati, Giuseppe Scalera e Donatella Trotta; *Matilde Serao* di Anna Banti; *L'Oeuvre romanesque de Matilde Serao* della professoressa Marie Gracieuse Martin-Gistucci; e *La signora del Mattino* di Angela Sarcina.

Molto importanti sono stati gli incontri con gli articoli (ancora una volta) di Donatella Trotta, Vittorio Del Tufo, Titti Marrone e con l'episodio del podcast *Giornaliste* di Simonetta Sciandivasci per Storielibere.

Pur nella loro diversità, la prefazione a *Il ventre di Napoli* di Antonio Pascale nell'edizione Bur e l'articolo di Giuseppe Montesano *Un viaggio nei contrasti di ieri e di oggi* del 2018 su “Il Mattino” mi hanno aperto la strada a nuove possibilità narrative.

*Le verità ignorate su Matilde Serao* a cura di Salvatore Maffeis e Stefania De Bonis, edito dall'Emeroteca Biblioteca Tucci mi ha convinto che c'era un'altra Matilde da scoprire sotto la coltre delle migliaia di pagine scritte da lei o a lei dedicate.

Ogni personaggio, poi, ha bisogno di un contesto. In tal senso, sono state illuminanti le letture de *Il Mattino degli Scarfoglio* e *Napoli, Belle Époque* di Francesco Barbagallo, così come la pubblicazione per il centenario de “Il Mattino” che ho rocambolescamente recuperato su eBay.

Altri contributi approfonditi durante questo viaggio: i libri *Matilde Serao* di Nadia Verdile, *Vienna e la Duse* di Sonia Bellavia; il saggio di Dora Marchese su *Paesaggi e scenari gastronomico-alimentari nell'opera di Matilde Serao* al XVII congresso dell'AdI – Associazione degli Italianisti; infine, le tesi di laurea di Letizia Solazzi, *La fede assoluta. Monomania religiosa, medicina legale e diritto penale nell'Italia postunitaria*, presentata all'Alma Mater Studiorum – Università di Bologna nel 2022, e quella di Veronica Mondini, *Chiusa come un baco da seta in un bozzolo filato: la figurazione del femminile nella narrativa breve di Matilde Serao*, presentata all'Università degli Studi di Padova nel 2017.

Sono state di grande aiuto le parole di altri scrittori, in particolare di Ferdinando Russo, Roberto Bracco, Ugo Ojetti, Giovanni Verga e Raffaele La Capria. A quest'ultimo sono debitore di due citazioni: da *Ferito a morte* e dalla sceneggiatura de *Le mani sulla città*. I libri di Maurizio de Giovanni mi hanno spinto a guardare il magmatico patrimonio culturale napoletano alle mie spalle, per risignificarlo in chiave moderna.

Infine, l'opera letteraria e giornalistica di Matilde Serao: appiglio nella costruzione del mondo che pagina dopo pagina ho cercato di ricostruire, a volte rimaneggiando interi pezzi, quando non si incastravano bene nella drammaturgia o non aderivano al tono linguistico, altre volte tenendoli tali e quali quando mi è sembrato corrispondessero in modo perfetto.

In particolare, *Il ventre di Napoli* è stato la guida nei meandri della città perduta, ma anche una grammatica impareggiabile, serbatoio di un lessico vitale e generoso. Il lettore appassionato, come il curioso che avesse voglia di affrontarlo per la prima volta, ne troverà tracce disseminate ovunque. Ho poi utilizzato brani estrapolati da "Il Paese di Cuccagna", dai "Mosconi" e altri articoli pubblicati su giornali e riviste, da corrispondenze personali, da *Bozzetti dal vero*, da *Lettere d'una viaggiatrice* e, infine, da *Il delitto di via Chiatamone*, uno dei due gialli scritti da questa donna straordinaria.

# Indice